Heinrich Kahl

GROOTVADDER LEEST VÖR

Geschichten aus Sönkes Märchenbuch
– plattdeutsch und hochdeutsch –

Edition Fehrs-Gilde

Karl Wachholtz Verlag Neumünster

ISBN 3 529 04954 9

Illustrationen von Sönke

Karl Wachholtz Verlag Neumünster 1990

En Woort vörut

Grootvadder leest vör, ut Sönke sien Märkenbook.
Sönke, dat is so 'n lütten flaßhorigen Jung. He wahnt nebenan, un bald jeden Abend kloppt he an mien Döör un will wat vörleest hebben.
Siet 'n Halfjohrstiet lees ick em Märken vör, plattdüütsche Märken, un he warrt nich mööd bi't Tohören.
Ick heff em en lütt Book maakt; dat nimmt he ünner 'n Arm, wenn he abends na Huus geiht. Över Dag mutt sien Mudder em denn ok noch wat vörlesen. Se kann nich so recht Platt snacken, un dorüm hööрt nu to jeedeen plattdüütsche Geschicht noch en hoochdüütsche dorto. So is nu dit Book – Sönke sien Book – in twee Spraken schreben. Man, dat Plattdüütsch steiht hier ümmer op de rechten Sieden, dat sünd de goden Sieden von dat Book. De hoochdüütschen Sieden kannst, wenn du wullt, links liggen laten. Kannst aber ok mal von een Siet na de anner röberkieken un verglieken. Denn warrst wies, dat Plattdüütsch ebensoveel dögen deit as Hoochdüütsch.
Wüllt höpen, dat ok anner Grootvadders un Grootmudders, Mudders un Vadders un ok Schoolmeisters wat ut dit Book vörleest!
Wi leevt ja hüüt in en Tiet, wo'n nich mehr meent, mit de Kinner dörf keen Plattdüütsch snackt warrn. So weer dat doch, as wi lütt weern: Grootöllern un Öllern snacken Platt mitenanner, un mit de Kinner dörf blot hoochdüütsch snackt warrn; dat se dat man jo richtig lehrn deen un sick doran gewöhnen; denn in de School wullen de Schoolmeisters Plattdüütsch nich lieden. – So weer dat domals.
Un hüüt geevt wi uns Möh, dat de Kinner man en beten Plattdüütsch lehrt un dat verstahn könnt, wat ehr Grootöllern un de Lüüd op 'n Lannen snackt. Dorto müch dit Book en Help sien. Dat weer doch too schaad, wenn't nich glücken wull, uns Plattdüütsch öber Water to holen!

Motto:

Wenn de Snee den Grund todeckt,
koolt sick leggt op Eer un Stenen,
denn is Tiet to ’n Füür böten
för uns Groten un de Klenen.

Witte Snee un swatte Eer
liggt dor ganz un gor ohn Leben,
koolt un still, doot un hatt,
köönt uns Troost un Leev nich geben.

Rode Flamm op witten Snee,
de kann Licht un Warms uns geben,
suust un bruust, sprickt un danzt,
maakt uns Moot, weckt Warms un Leben,

smölt dat Ies, maakt week de Eer,
sett dat Licht in unse Ogen,
wiest uns, wo dat Leben is:
Warms un Licht bannt Küll un Dood.

Der goldene Schlüssel

Zur Winterzeit, als einmal ein tiefer Schnee lag, mußte ein armer Junge hinausgehen und Holz auf einem Schlitten holen. Wie er es nun zusammengesucht und aufgeladen hatte, wollte er, weil er so erfroren war, noch nicht nach Haus gehen, sondern erst Feuer anmachen und sich ein bißchen wärmen. Da scharrte er den Schnee weg, und wie er so den Erdboden aufräumte, fand er einen kleinen goldenen Schlüssel. Nun glaubte er, wo der Schlüssel wäre, müßte auch das Schloß dazu sein, grub in der Erde und fand ein eisernes Kästchen.

„Wenn der Schlüssel nur paßt!" dachte er, „es sind gewiß kostbare Sachen in dem Kästchen." Er suchte, aber es war kein Schlüsselloch da; endlich entdeckte er eins, aber so klein, daß man es kaum sehen konnte. Er probierte, und der Schlüssel paßte glücklich. Da drehte er einmal herum, und nun müssen wir warten, bis er vollends aufgeschlossen und den Deckel aufgehoben hat, dann werden wir erfahren, was für wunderbare Sachen in dem Kästchen lagen.

De gollen Slötel

Do is mal 'n armen Jung west, de müß winterdaags in 'n hogen Snee to Holt und Buschwark sammeln un op sienen Sleden laden. As he dat nu tosamensöcht un oplaadt hett, do will he noch nich foort wedder na Huus. He is je so verklaamt und will eerst Füür maken un sick 'n beten opwarmen.
He raakt den Snee mit de Fööt bi Siet, un as he so den Bodden free maakt, do findt he dor enen lütten gollen Slötel.
He denkt sick: Wo en Slötel is, dor mutt ok en Slott dorto sien, un he purrt in de Eer un findt enen lütten iesern Kasten. „Wenn de Slötel man paßt", denkt he, „dor sünd woll wiß feine Saken in den Kasten."
He söcht un söcht un kann dat Slötellock nich finnen. Toletzt findt he 't doch noch; dat is man so lütt west, dat weer man knapp to sehn. He versöcht dat, un wohrraftig: de Slötel paßt!
Do dreiht he em eenmal üm – un nu mööt wi töben, bit he den Kasten ganz opslaten hett un den Deckel opmaakt. Denn warrt wi wies, wat feine Saken in den Kasten liggt.

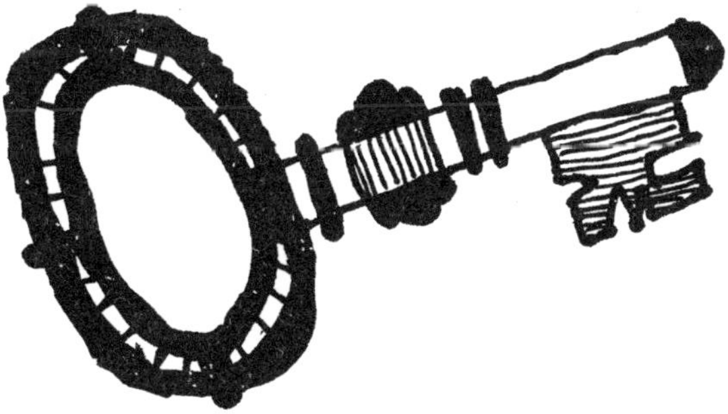

Vom dicken fetten Pfannekuchen

Es waren einmal drei alte Weiber, die wollten gern einen Pfannekuchen essen. Da gab die erste ein Ei dazu her, die zweite Milch und die dritte Fett und Mehl. Als der dicke fette Pfannekuchen fertig war, richtete er sich in der Pfanne in die Höhe und lief den drei alten Weibern weg und lief kantapper, kantapper in den Wald hinein. Da begegnete ihm ein Häschen und rief: „Dicke fette Pannkoken, bliev stahn, ick will di freten!" Der Pfannekuchen antwortete: „Ick bün dree ole Wieber utknepen, un sull di, Häschen Wippsteert, nich utkniepen?" und lief kantapper, kantapper in den Wald hinein. Da kam ein Wolf herangelaufen und rief: „Dicke fette Pannkoken, bliev stahn, ick will di freten!" Der Pfannekuchen antwortete: „Ick bün dree ole Wieber utknepen, Häschen Wippsteert, un sull di, Wulf Dicksteert, nich utkniepen?" und lief kantapper, kantapper in den Wald hinein. Da kam eine Ziege herangehüpft und rief: „Dicke fette Pannkoken, bliev stahn, ick will di freten!" Der Pfannekuchen antwortete: „Ick bün dree ole Wieber utknepen, Häschen Wippsteert, Wulf Dicksteert, und sull di, Zeeg Langboort, nich utkniepen?" und lief kantapper, kantapper in den Wald hinein. Da kam ein Pferd herbeigesprungen und rief: „Dicke fette Pannkoken, bliev stahn, ick will di freten!" Der Pfannekuchen antwortete: „Ick bün dree ole Wieber utknepen, Häschen Wippsteert, Wulf Dicksteert, Zeeg Langboort, un sull di, Peerd Plattfoot, nich utkniepen?" und lief kantapper, kantapper in den Wald hinein. Da kam eine Sau dahergerannt und rief: „Dicke fette Pannkoken, bliev stahn, ick will di freten!" Der Pfannekuchen antwortete: „Ick bün dree ole Wieber utknepen, Häschen Wippsteert, Wulf Dicksteert, Zeeg Langboort, Peerd Plattfoot, un sull di, Swien Kringelsteert, nich utkniepen?" und lief kantapper, kantapper in den Wald hinein. Da kamen drei Kinder daher, die hatten keinen Vater und keine Mutter mehr, und sprachen: „Lieber Pfannekuchen, bleib stehen! Wir haben noch nichts gegessen den ganzen Tag." Da sprang der dicke fette Pfannekuchen den Kindern in den Korb und ließ sich von ihnen essen.

De dicke fette Pannkoken

Do sünd mal dree ole Wieber west, de hebbt geern Pannkoken eten wullt. Do gifft de eerste 'n Ei dorto her, de twete Melk, de drütte Fett un Mehl. As de dicke fette Pannkoken ferdig is, do richt he sick in de Pann in de Hööcht un löppt de dree olen Wieber weg un löppt kantapper, kantapper na't Holt rin. Do kümmt em 'n lütten Haas in de Mööt, de röppt: „Dicke fette Pannkoken, bliev stahn, ick will di freten!" De Pannkoken seggt: „Ick bün dree ole Wieber utknepen, un sull di, Haas Wippsteert, nich utkniepen?" un löppt kantapper, kantapper na't Holt rin. Do kümmt de Wulf anlopen un röppt: „Dicke fette Pannkoken, bliev stahn, ick will di freten!" De Pannkoken seggt: „Ick bün dree ole Wieber utknepen, den Haas Wippsteert, un sull di, Wulf Dicksteert, nich utkniepen?" un löppt kantapper, kantapper na't Holt rin. Do kümmt de Zeeg anhüppt un röppt: „Dicke fette Pannkoken, bliev stahn, ick will di freten!" De Pannkoken antert: „Ick bün dree ole Wieber utknepen, den Haas Wippsteert und Wulf Dicksteert, un sull di, Zeeg Langboort, nich utkniepen?" un löppt kantapper, kantapper na't Holt rin. Do kümmt 'n Peerd ansprungen un röppt: „Dicke fette Pannkoken, bliev stahn, ick will di freten!" De Pannkoken antert: „Ick bün dree ole Wieber utknepen, den Haas Wippsteert, Wulf Dicksteert, Zeeg Langboort, un sull di, Peerd Plattfoot, nich utkniepen?" un löppt kantapper, kantapper na't Holt rin. Do kümmt 'n ool Swien anrennt un röppt: „Dicke fette Pannkoken, bliev stahn, ick will di freten!" De Pannkoken seggt: „Ick bün dree ole Wieber utknepen, den Haas Wippsteert, Wulf Dicksteert, Zeeg Langboort, Peerd Plattfoot, un sull di, Swien Kringelsteert, nich ok utkniepen?" un löppt kantapper, kantapper na't Holt rin. Do kaamt dor dree Kinner an, de hebbt kenen Vadder und keen Mudder mehr, un seggt: „Lebe Pannkoken, bliev stahn! Wi hebbt noch nix to eten hatt, den ganzen Dag nich." Do hüppt de dicke fette Pannkoken bi de Kinner in 'n Korf un lett sick von jem opeten.

Kleine rote Henne

Es war eine kleine rote Henne, die hatte sechs kleine Küken. Die kleine rote Henne sagte: „Ich habe eine Handvoll Korn. Wer sät mir das Korn?"
„Ich nicht", sagte die Katze. - „Ich nicht", sagte der Hund. „Ich nicht", sagte die Ente. - „Ich nicht", sagte das Schwein. - „Dann tu ich's selbst", sagte die kleine rote Henne, „dann säe ich das Korn."
„Seht, das Korn ist reif", sagte die kleine rote Henne, „wer bringt mir das Korn zur Mühle?"
„Ich nicht", sagte die Katze. - „Ich nicht", sagte der Hund. - „Ich nicht", sagte die Ente. - „Ich nicht", sagte das Schwein. - „Dann tu ich's selbst", sagte die kleine rote Henne, „dann trag' ich das Korn zur Mühle."
„Seht, was für feines Mehl", sagte die kleine rote Henne, „wer rührt mir nun den Kuchen an?" - „Ich nicht", sagte die Katze. - „Ich nicht", sagte der Hund. - „Ich nicht", sagte die Ente. - „Ich nicht", sagte das Schwein. - „Dann tu' ich's selbst", sagte die kleine rote Henne, „dann rühre ich den Kuchen an."
„Wer backt mir nun den Kuchen?" fragte die kleine rote Henne. - „Ich nicht", sagte die Katze. - „Ich nicht", sagte der Hund. - „Ich nicht", sagte die Ente. - „Ich nicht", sagte das Schwein. - „Dann tu ich's selbst", sagte die kleine rote Henne, „dann backe ich den Kuchen."
„Seht, mein Kuchen ist fertig", sagte die kleine rote Henne, „wer will den Kuchen essen?"
„Ich", sagte die Katze. - „Ich", sagte der Hund. - „Ich", sagte die Ente. - „Ich", sagte das Schwein. - „O nein", sagte die kleine rote Henne, „ihr alle nicht!
„Ich habe das Korn gesät, ich habe das Korn zur Mühle gebracht, ich habe den Kuchen angerührt, ich habe den Kuchen gebacken. - Ich und meine sechs kleinen Küken, wir wollen den Kuchen essen!"

Lütt rode Hehn

Do is mal 'n lütt rode Hehn west, de hett söß lütte Küken hatt. De lütt rode Hehn seggt: „Ick heff 'n Handvull Koorn, wokeen seit mi dat?"
„Ick nich", seggt de Katt. – „Ick nich", seggt de Hund.
„Ick nich", seggt de Ent. – „Ick nich", seggt dat Swien.
„Denn do ick dat sülben", seggt de lütt rode Hehn, „denn sei ick dat Koorn."
„Kiek, dat Koorn is riep", seggt de lütt rode Hehn, „wokeen bringt mi dat Koorn na de Möhl?"
„Ick nich", seggt de Katt. – „Ick nich", seggt de Hund.
„Ick nich", seggt de Ent. – „Ick nich", seggt dat Swien.
„Denn do ick dat sülben", seggt de lütt rode Hehn, „denn bring ick dat Koorn na de Möhl."
„Kiek, wat 'n fienes Mehl", seggt de lütt rode Hehn, „wokeen röögt mi den Koken an?"
„Ick nich", seggt de Katt. – „Ick nich", seggt de Hund.
„Ick nich", seggt de Ent. – „Ick nich", seggt dat Swien.
„Denn do ick dat sülben", seggt de lütt rode Hehn, „denn röög ick den Koken an."
„Wokeen backt mi nu den Koken?", fraagt de lütt rode Hehn.
„Ick nich", seggt de Katt. – „Ick nich", seggt de Hund.
„Ick nich", seggt de Ent. – „Ick nich", seggt dat Swien.
„Denn do ick dat sülben", seggt de lütt rode Hehn, „denn back ick den Koken."
„Kiek, mien Koken is ferdig", seggt de lütt rode Hehn, „wokeen will den Koken eten?"
„Ick", seggt de Katt. – „Ick", seggt de Hund.
„Ick", seggt de Ent. – „Ick", seggt dat Swien.
„O nee", seggt de lütt rode Hehn, „ji alltohoop nich!"
„Ick heff dat Koorn seit, ick heff dat Koorn na de Möhl bröcht, ick heff den Koken anröögt, ick heff den Koken backt. – Ick un mien söß lütten Küken, wie wüllt den Koken eten!"

Die drei kleinen Schweinchen

Das alte Schwein lebte mit seinen drei kleinen Schweinchen zusammen in einem winzig kleinen Haus. Eines Tages sagte die Mutter: „Das Haus ist zu klein. Ihr müßt in die Welt gehen und euch selber ein Haus bauen." Da ging zuerst das jüngste Schweinchen und wollte sich ein Haus bauen. Es begegnete ihm ein Mann mit einem Bündel Stroh unter dem Arm. „Gib mir ein bißchen Stroh", bat das kleine Schweinchen, „damit ich mir ein Haus davon bauen kann." Der Mann sprach: „Ich will dir so viel Stroh geben, wie du für dein Haus brauchst", und er gab ihm Stroh. Nun baute sich das kleine Schweinchen ein Haus aus Stroh und lebte darin.

Da kam der Wolf vorbei. Er stellte sich vor das Haus und sagte: „Kleines Schwein, laß mich ein!" Das kleine Schweinchen sagte: „Nein, ich laß dich nicht ein." Da sagte der Wolf: „Dann puste ich dein Haus um", und er pustete das Haus um und fraß das kleine Schweinchen auf.

Nun ging das zweite Schweinchen weg, um sich ein Haus zu bauen. Da begegnete ihm ein Mann, der trug ein Bündel Stöcker unter dem Arm. Da fragte das Schweinchen: „Kannst du mir nicht ein paar Stöcker geben, daß ich mir ein Haus bauen kann?" Der Mann sprach: „Ja, kleines Schwein, ich will dir so viele Stöcker geben, wie du für dein Haus brauchst." Da nahm sich das Schweinchen die Stöcker und baute sich davon ein Haus.

Als das Haus fertig war, kam der Wolf vorbei. Er stellte sich vor das Haus und rief: „Kleines Schwein, laß mich ein!" Das kleine Schweinchen antwortete: „Nein, ich laß dich nicht ein!" Da sprach der Wolf: „Dann puste ich dein Haus um", und er pustete, und pustete das Haus um und fraß das kleine Schweinchen auf.

Dann ging das älteste Schweinchen weg und wollte sich ein Haus bauen. Ihm begegnete ein Mann mit Mauersteinen. Da sagte das Schweinchen: „Kannst du mir nicht ein paar Steine abgeben, damit ich mir ein Haus bauen kann?" Der Mann sprach: „Gern, kleines Schwein. Ich will dir so viele Mauersteine geben, wie du für dein

De dree lütten Swien

Dat ole Swien leevt mit sien dree lütten Swien tosamen in so'n lier lütt Huus. Enen Dag seggt de Mudder: „Dit Huus is to lütt. Ji mööt in de Welt gahn un juuch jedereen sülben 'n Huus buen."
Toeerst geiht dat jüngst lütt Swien weg un will sick 'n Huus buen. Do bemött em 'n Mann, de hett 'n Bünnel Stroh ünnern Arm. „Geev mi 'n beten Stroh af", beddelt dat lütt Swien, „ick will mi'n Huus buen." De Mann seggt: „Och, du lütt Swien, ick will di so veel Stroh geven, as du för dien Huus bruukst." Nu geiht dat lütt Swien bi un maakt sick 'n Huus ut Stroh un is heel tofreden dor in.
Do kümmt de Wulf vörbi. He stellt sick vör dat Huus un seggt: „Lütt Swien, laat mi rin!" Dat lütt Swien seggt: „Nee, ick laat di nich rin." Do seggt de Wulf: „Denn puust ick dien Huus üm!" Un he puust dat Huus üm un fritt dat lütt Swien op.
Dornah geiht ok dat tweet lütt Swien weg un will sick'n Huus buen. Em bemött 'n Mann, de hett Stöcker ünner'n Arm. Do fraagt dat Swien: „Kannst du mi nich 'n poor Stöcker geben, dat ick mi 'n Huus buen kann?" De Mann seggt: „Ja, lütt Swien, ick will di so veel Stöcker geven, as du för dien Huus bruukst." Do nimmt sick dat Swien de Stöcker un buut dorvon 'n Huus.
Do kümmt de ole Wulf vörbi. He stellt sick vör dat Huus un seggt: „Lütt Swien, laat mi rin!" Dat lütt Swien seggt: „Nee, ick laat di nich rin!" Do seggt de Wulf: „Denn puust ick dien Huus üm", un he puust, un puust dat Huus üm un fritt dat lütt Swien op.
Nu geiht dat öllst lütt Swien weg un will sick 'n Huus buen. Em bemött 'n Mann mit Muursteen. Do seggt dat Swien: „Kannst du mi nich 'n poor Steen geben, dat ick mi 'n Huus buen kann?" De Mann seggt: „Geern, lütt Swien! Ick will di so veel Muursteen geben, as du för dien Huus bruukst." Do buut sick dat drütt lütt Swien 'n Huus von Steen.

Haus brauchst!" Da baute sich das dritte kleine Schweinchen ein Haus aus Stein.
Wieder kam der Wolf vorbei. Er stellte sich vor das kleine Steinhaus und rief: „Kleines Schwein, laß mich ein!" Das kleine Schweinchen sagte: „Nein, ich laß dich nicht ein!" Da sprach der Wolf: „Dann puste ich dein Haus um", und er pustete und pustete, aber er konnte das Haus nicht umpusten. Da sagte der Wolf: „Ich komm durch den Schornstein, und dann freß ich dich auf!" Aber das kleine Schweinchen machte ein Feuer. Als der alte Wolf durch den Schornstein wollte, da sagte das Schweinchen: „Brenn, Feuer, brenn den Wolf auf!" Da fing das Feuer an zu brennen, und brannte und brannte, bis der alte Wolf aufgebrannt war. Da war es aus mit ihm!

Wedder kümmt de ool Wulf dor lang. He stellt sick vör dat lütt Steenhuus un seggt: „Lütt Swien, laat mi rin!“ Dat lütt Swien seggt: „Nee, ick laat di nich rin!“ Do seggt de Wulf: „Denn puust ick dien Huus üm“, un he puust un puust un puust, aber nu kann he dat Huus nich ümpusten. Do seggt de Wulf: „Ick kaam dörch'n Schosteen, un denn freet ick di op!“ Aber dat lütt Swien maakt 'n Füür. As de ool Wulf dörch den Schosteen will, seggt dat lütt Swien: „Brenn, Füür, brenn den Wulf!“ Do fangt dat Füür an to brennen, un brennt un brennt, bit de ool Wulf opbrennt is. Un nu ist dat ut mit em.

Der Junge und die Ziegen

Es war ein kleiner Junge, der hütete jeden Tag die Ziegen. Morgens früh trieb er sie auf die Weide und abends wieder zurück in den Stall. Eines Tages sprangen die Ziegen in den Garten. Der Junge wollte sie wieder heraustreiben, aber sie wollten nicht. Da setzte er sich auf einen Stein und weinte.
Da kam der Hase vorbei und sprach: „Junge, warum weinst du?" – Der Junge antwortete: „Ich kann die Ziegen nicht wieder aus dem Garten treiben, darum weine ich." – „Wenn's weiter nichts ist – das will ich schon tun", sprach der Hase. Er versuchte, die Ziegen aus dem Garten zu treiben, aber die wollten nicht. Da setzte sich der Hase auf den Stein und weinte auch.
Nun kam der Fuchs vorbei. – „Hase, warum weinst du?" – „Der Junge kann die Ziegen nicht aus dem Garten treiben, darum weint er, und das macht mich auch traurig." – „Wenn's weiter nichts ist, dann will ich's tun", sprach der Fuchs, und er versuchte, die Ziegen aus dem Garten zu treiben, aber die wollten nicht. Da setzte sich der Fuchs auf einen Stein und weinte.
Jetzt kam der Wolf vorbei. – „Fuchs, warum weinst du?" – „Der Junge kann die Ziegen nicht aus dem Garten treiben, darum weint er, und darum weinen auch der Hase und ich." – „Na, wenn's weiter nichts ist, dann will ich's tun", sprach der Wolf. Nun versuchte er, die Ziegen aus dem Garten zu treiben, aber die wollten nicht. Da setzte sich auch der Wolf auf den Stein und heulte. Als er dort saß und heulte, kam eine kleine Biene angeflogen. – „Wolf, warum heulst du?" – „Der Junge kann die Ziegen nicht aus dem Garten treiben, darum weint er, und ebenso ich und der Hase und der Fuchs."
„Wenn es sonst keiner kann, dann will ich es tun", sagte die Biene. – Der Wolf, der Fuchs und der Hase fingen an zu lachen. – „Du kleine Biene, du kannst das nicht!" riefen sie alle zugleich. Die Biene sagte gar nichts. Sie flog in den Garten zu der ältesten Ziege und stach sie. Die Ziege begann zu laufen und lief, was sie konnte, aus dem Garten, und alle Ziegen liefen hinterdrein.

De Jung un de Zegen

Do is mal'n lütten Jung west, de hett jeden Dag de Zegen hödd. Morgens fröh drifft he de Zegen op de Weid un abends wedder trüch in 'n Stall. Enen Dag hüppt de Zegen in 'n Goorn. De Jung will jem wedder rutdrieben, aber se wüllt nich. Do sett he sick op 'n Steen un weent.
Do kümmt de Haas vörbi. „Jung, wat weenst du?"
„Ick kann de Zegen nich ut 'n Goorn drieben, dorüm ween ick."
„Na, wenn dat all'ns is, denn will ick dat doon", seggt de Haas. Nu versöcht he, de Zegen ut 'n Goorn to drieben, aber de wüllt nich. Do sett sick de Haas op 'n Steen un weent.
Do kümmt de Voß vörbi. „Haas, wat weenst du?"
„De Jung kann de Zegen nich ut 'n Goorn drieben, dorum weent he, un dat maakt mi ok wenen."
„Ho ho, wenn dat allens is, denn will ick dat doon", seggt de Voß. Nu versöcht he, de Zegen ut 'n Goorn to drieben, aber de wüllt nich. Do sett sick de Voß op 'n Steen un weent.
Do kümmt de Wulf dor lang. „Voß, wat weenst du?"
„De Jung kann de Zegen nich ut 'n Goorn drieben, dorüm weent he, un dat maakt mi un den Haas ok wenen."
„Na, wenn dat wieder nix is, denn will ick dat doon", seggt de Wulf. Nu versöcht he, de Zegen ut 'n Goorn to drieben, aber de wüllt nich. Do sett sick de Wulf op 'n Steen un huult.
As he op 'n Steen sitt un huult, do kümmt dor 'n lütt Imm anflegen. „Wulf, wat huulst du?"
„De Jung kann de Zegen nich ut 'n Goorn drieben, dorüm weent he, un dat maakt mi un den Haas un den Voß ok hulen."
„Wenn dat anners keen kann, denn will ick dat doon", seggt de Imm. De Wulf, de Voß un de Haas fangt an to lachen. – „Du, lütt Imm? Du kannst dat nich!" roopt se alltohoop.
De Imm seggt nix. Se flüggt in 'n Goorn un stickt de öllst Zeeg. De Zeeg fangt an to lopen un rennt, all wat se kann, ut den Goorn rut, un all de annern Zegen achter ehr ran.

Der Wolf und die sieben jungen Geißlein

Es war einmal eine alte Geiß, die hatte sieben junge Geißlein und hatte sie lieb, wie eine Mutter ihre Kinder lieb hat. Eines Tages wollte sie in den Wald gehen und Futter holen, da rief sie alle sieben herbei und sprach: „Liebe Kinder, ich will hinaus in den Wald. Seid auf eurer Hut vor dem Wolf! Wenn er hereinkommt, so frißt er euch alle mit Haut und Haar. Der Bösewicht verstellt sich oft; aber an seiner rauhen Stimme und an seinen schwarzen Füßen werdet ihr ihn gleich erkennen." Die Geißlein sagten: „Liebe Mutter, wir wollen uns schon in acht nehmen, du kannst ohne Sorgen fortgehen." Da meckerte die Alte und machte sich getrost auf den Weg.

Es dauerte nicht lange, so klopfte jemand an die Haustür und rief: „Macht auf, ihr lieben Kinder, eure Mutter ist da und hat jedem von euch etwas mitgebracht!" Aber die Geißerchen hörten an der rauhen Stimme, daß es der Wolf war. „Wir machen nicht auf", riefen sie, „du bist unsere Mutter nicht. Die hat eine feine, liebliche Stimme; aber deine Stimme ist rauh, du bist der Wolf."

Da ging der Wolf fort zu einem Krämer und kaufte sich ein großes Stück Kreide. Die aß er und machte damit seine Stimme fein. Dann kam er zurück, klopfte an die Haustür und rief: „Macht auf, ihr lieben Kinder, eure Mutter ist da und hat jedem von euch etwas mitgebracht!" Aber der Wolf hatte seine schwarze Pfote in das Fenster gelegt. Das sahen die Kinder und riefen: „Wir machen nicht auf. Unsere Mutter hat keinen schwarzen Fuß wie du, du bist der Wolf."

Da lief der Wolf zu einem Bäcker und sprach: „Ich habe mich an den Fuß gestoßen, streich mir Teig darüber!" Und als ihm der Bäcker die Pfote bestrichen hatte, so lief er zum Müller und sprach: „Streu mir weißes Mehl auf meine Pfote!" Der Müller dachte: „Der Wolf will einen betrügen", und weigerte sich. Aber der Wolf sprach: „Wenn du es nicht tust, so fresse ich dich." Da fürchtete sich der Müller und machte ihm die Pfote weiß. Ja, so sind die Menschen.

Nun ging der Bösewicht zum drittenmal zu der Haustür, klopfte an und sprach: „Macht mir auf, Kinder, euer liebes Mütterchen ist

De Wulf un de söben jungen Zicklammer

Do is mal 'n Zeeg west, de hett söben junge Zicklammer hatt, de hett se ümmer vör den olen Wulf in acht nahmen.
Enen Dag, as de Oolsch ut 'n Huus will un Fudder halen, do röppt se ehr söben Lammer un seggt: „Lebe Kinner, ick mutt hen un Fudder söken. Wohrt juuch vör den Wulf un laat em nich rin. Paßt op, dat he juuch keen Theater un sick 'n witten Foot maakt; an sien depe Stimm un sien swatten Poten köönt ji em kennen. Laat em nich rin; wenn he eerst binnen is, denn fritt he juuch alltohoop op!" – Dormit geiht se weg, un dat duurt nich lang, do kümmt de Wulf an de Döör un röppt: „Ji lütten Kinner, maakt mi op, ick bün juun Mudder un heff juuch wat mitbröcht!" Man de söben Lammer seggt to em: „Du büst nich uns Mudder! De hett en fiene Stimm. Dien Stimm aber is ruuch. Du büst de Wulf, wi maakt de Döör nich op!"
De Wulf geiht wedder weg un köfft sick bi'n Höker 'n grotes Stück Kried, dat fritt he op un maakt sien Stimm dormit fien. Denn geiht he wedder na de söben Lammer ehr Huusdöör un röppt mit 'n fiene Stimm: „Kinner, laat mi rin, ick bün juun Mudder un ji söllt all wat kriegen." – He hett aber sien Poot buten op dat Finster leggt hatt, dat seht de söben Lammer un seggt: „Du büst nich uns Mudder, de hett kenen swatten Foot, du büst de Wulf, wi maakt nich op!"
Do geiht de Wulf na 'n Bäcker un seggt: „Bäcker, ick heff mi an de Poot stött, smeer mi frischen Deeg op mien Poot!" As dat ferdig is, geiht he na 'n Möller und seggt: „Möller, strei mi fienes wittes Mehl op mien Poot!" De Möller seggt nee. – „Wenn du nich wullt, denn freet ick di op!" – Do mutt de Möller dat doon. Denn geiht de Wulf to 'n drütten Mal vör de söben Zicklammer ehr Huusdöör un seggt: „Lebe Kinner, laat mi rin, ick bün juun Mudder, ji söllt all wat schenkt kriegen!" De söben Lammer wüllt eerst de Poot sehn, un as se de seht, do is se sneewitt, un as se den Wulf so fien snacken höört, do glöövt se, dat is ehr Mud-

heimgekommen und hat jedem von euch etwas aus dem Walde mitgebracht!“ Die Geißerchen riefen: „Zeig uns erst deine Pfote, damit wir wissen, daß du unser liebes Mütterchen bist!“ Da legte er die Pfote ins Fenster, und als sie sahen, daß sie weiß war, so glaubten sie, es wäre alles wahr, was er sagte, und machten die Tür auf.
Wer aber hereinkam, das war der Wolf. Sie erschraken und wollten sich verstecken. Das eine sprang unter den Tisch, das zweite ins Bett, das dritte in den Ofen, das vierte in die Küche, das fünfte in den Schrank, das sechste unter die Waschschüssel, das siebente in den Kasten der Wanduhr. Aber der Wolf fand sie alle und machte nicht langes Federlesen; eins nach dem andern schluckte er in seinen Rachen; nur das jüngste in dem Uhrkasten, das fand er nicht. Als der Wolf seine Lust gestillt hatte, trollte er sich fort, legte sich draußen auf der grünen Wiese unter einen Baum und fing an zu schlafen.
Nicht lange danach kam die alte Geiß aus dem Walde heim. Ach, was mußte sie da erblicken! Die Haustür stand sperrweit auf: Tisch, Stühle und Bänke waren umgeworfen, die Waschschüssel lag in Scherben, Decke und Kissen waren aus dem Bett gezogen. Sie suchte ihre Kinder, aber nirgends waren sie zu finden. Sie rief sie nacheinander beim Namen, aber niemand antwortete. Endlich, als sie an das jüngste kam, da rief eine feine Stimme: „Liebe Mutter, ich stecke im Uhrkasten.“ Sie holte es heraus, und es erzählte ihr, daß der Wolf gekommen wäre und die andern alle gefressen hätte. Da könnt ihr euch denken, wie sie über ihre armen Kinder geweint hat.
Endlich ging sie in ihrem Jammer hinaus, und das jüngste Geißlein lief mit. Als sie auf die Wiese kam, so lag da der Wolf an dem Baum und schnarchte, daß die Äste zitterten. Sie betrachtete ihn von allen Seiten und sah, daß in seinem angefüllten Bauch sich etwas regte und zappelte. „Ach Gott“, dachte sie, „sollten meine armen Kinder, die er zum Abendbrot hinuntergewürgt hat, noch am Leben sein?“
Da mußte das Geißlein nach Hause laufen und Schere, Nadel und Zwirn holen. Dann schnitt sie dem Ungetüm den Wanst auf, und kaum hatte sie einen Schnitt getan, so streckte schon ein Geißlein den Kopf heraus, und als sie weiterschnitt, so sprangen nacheinander alle sechse heraus, und waren noch alle am Leben und hatten nicht einmal Schaden gelitten; denn das Ungetüm hatte sie in der Gier ganz hinuntergeschluckt. Das war eine Freude! Da herzten sie

der, un se maakt de Döör op, un de Wulf kümmt rin. As se aber nu markt, dat de Wulf dat is, do versteekt se sick flink, so goot as dat geiht: Een ünner 'n Disch, dat anner in't Bett, dat drütt in 'n Aben, dat veerd in de Köök, dat föfft in 't Schapp, dat sößt ünner en grote Schöttel un dat söövte in de Klock an de Wand.
De Wulf find ehr al un sluukt ehr öber. Man blot dat jüngst in de Klock, dat findt he nich.
As de Wulf nu satt is, do geiht he weg. Gliek dorna aber kümmt de ool Zeeg na Huus. Wat en Jammer! De ool Wulf is dor west un hett ehr lütten Kinner opfreten! Se denkt, all sünd se doot, man do springt dat jüngst ut de Klock rut un vertellt, wo allens kamen is.
De Wulf aber, as he sick vullfreten hett, de geiht op de Wisch, leggt sick in de Sünn un slöppt in. De ole Zeeg denkt doran, wat se ehr Kinner nich doch noch redden kann, un se seggt to dat jüngst Lamm: „Haal Nadel un Tweern un Scheer un kumm mi na!" Dann geiht se na buten un findt den Wulf op de Wisch liggen un snurken. „Dor liggt de Aas", seggt se un bekickt em vun alle Sieden. „He hett mien söß Kinner freten. Nu giff mi mal de Scheer! Och, wenn se doch man blot noch lebennig in sienen Buuk sünd!" Se snitt em den Buuk op, un de söß Lammer, de he ganz öbersluukt hett, de springt lebennig dor nu rut. De mööt nu fort 'n poor grote Steen halen, de packt se in den Wulf sienen Buuk rin, neiht em wedder to, loopt weg un versteekt sick achter 'n Busch.
As de Wulf nu utslapen hett, do föhlt he wat Swores in sien'n Lief, un he seggt: „Wat rummelt mi dor in mien'n Lief? Wat is dat. Ick heff doch man blot söß Lammer freten."
He denkt, he will en'n Sluck Water nehmen, dat warrt helpen, un he geiht an den Soot. As he sick dor öberböögt, do kriggt he vun de Steen dat Öbergewicht un kann sick nich mehr holen un fallt in't Water. As de söben Zicklammer dat seht, do kaamt se anlopen un danzt vör Freud üm den Soot rüm un singt: „De Wulf is doot, de Wulf is doot!"

ihre liebe Mutter und hüpften wie ein Schneider, der Hochzeit hält. Die Alte aber sagte: „Jetzt geht und sucht Wackersteine, damit wollen wir dem gottlosen Tier den Bauch füllen, solange es noch im Schlafe liegt." Da schleppten die sieben Geißerchen in aller Eile die Steine herbei und steckten sie ihm in den Bauch, soviel sie hineinbringen konnten. Dann nähte ihn die Alte in aller Geschwindigkeit wieder zu, daß er nichts merkte und sich nicht einmal regte.
Als der Wolf ausgeschlafen hatte, machte er sich auf die Beine, und weil ihm die Steine im Magen so großen Durst erregten, so wollte er zu einem Brunnen gehen und trinken. Als er aber anfing zu gehen und sich hin und her zu bewegen, so stießen die Steine in seinem Bauch aneinander und rappelten. Da rief er:

„Was rumpelt und pumpelt
in meinem Bauch herum?
Ich meinte, es wären sechs Geißlein,
so sind's lauter Wackerstein'."

Und als er an den Brunnen kam und sich über das Wasser bückte und trinken wollte, da zogen ihn die schweren Steine hinein, und er mußte jämmerlich ersaufen. Als die sieben Geißlein das sahen, da kamen sie herbeigelaufen, riefen laut: „Der Wolf ist tot! Der Wolf ist tot!" und tanzten mit ihrer Mutter vor Freude um den Brunnen herum.

Der süße Brei

Es war einmal ein armes, frommes Mädchen, das lebte mit seiner Mutter allein, und sie hatten nichts mehr zu essen. Da ging das Kind hinaus in den Wald, und begegnete ihm da eine alte Frau, die wußte seinen Jammer schon und schenkte ihm ein Töpfchen, zu dem sollte es sagen: „Töpfchen koche", so kochte es guten, süßen Hirsebrei, und wenn es sagte: „Töpfchen steh", so hörte es wieder auf zu kochen.

Das Mädchen brachte den Topf seiner Mutter heim, und nun waren sie ihrer Armut und ihres Hungers ledig und aßen süßen Brei, sooft sie wollten. Auf eine Zeit war das Mädchen ausgegangen; da sprach die Mutter: „Töpfchen koche", da kocht es, und sie ißt sich satt; nun will sie, daß das Töpfchen wieder aufhören soll, aber sie weiß das Wort nicht. Also kocht es fort, und der Brei steigt über den Rand hinaus und kocht immerzu, die Küche und das ganze Haus voll, und das zweite Haus und dann die Straße, als wollt's die ganze Welt satt machen, und ist die größte Not, und kein Mensch weiß sich da zu helfen.

Endlich, wie nur noch ein einziges Haus übrig ist, da kommt das Kind heim und spricht nur: „Töpfchen steh", da steht es und hört auf zu kochen; und wer wieder in die Stadt wollte, der mußte sich durchessen.

Söten Bree

Do is mal 'n lütte Deern west, fraam un goot, de leevt mit ehr Mudder alleen. Eenmal hebbt se nix mehr to eten.
Do geiht dat Kind ut 'n Huus un geiht to Holt un dröppt dor en ole Fro, de weet al vun de Noot un schenkt ehr enen lütten Putt, to den sall se seggen: „Putt, kaak", denn kaakt he söten Bree. Un wenn se seggt „Putt, stah still", denn höört he wedder op to kaken.
De lütt Deern bringt den Putt na ehr Mudder, un nu hett all de Noot en End, un se eet söten Bree, so veel as se möögt.
Eenmal is de Deern ut 'n Huus, do seggt de Mudder: „Putt, kaak!" Do kaakt de Putt, un de Mudder itt sick satt. Nu will se, dat de Putt wedder opholen sall, aber se weet dat Woort nich. Un do kaakt de Putt wieder un kaakt un kaakt, un de Bree löppt över un kaakt ümmer wieder, de Köök un dat ganze Huus vull un denn de Straat vull, as sull de ganze Welt satt maakt warrn, un nu is Noot an 'n Mann, un keen Minsch weet Raat. Toletzt, as man blot noch een eenzig Huus na is, do kümmt dat Kind na Huus un seggt blot: „Putt, stah still!" Do höllt he op to kaken, un wenn nu en na de Stadt rin will, denn mutt he sick dörcheten.

Die Sterntaler

Es war einmal ein kleines Mädchen, dem waren Vater und Mutter gestorben, und es war so arm, daß es kein Kämmerchen mehr hatte, darin zu wohnen, und kein Bettchen mehr, darin zu schlafen, und endlich gar nichts mehr als die Kleider auf dem Leib und ein Stückchen Brot in der Hand, das ihm ein mitleidiges Herz geschenkt hatte. Es war aber gut und fromm. Und weil es so von aller Welt verlassen war, ging es im Vertrauen auf den lieben Gott hinaus ins Feld.
Da begegnete ihm ein armer Mann, der sprach: „Ach, gib mir etwas zu essen, ich bin so hungrig." Es reichte ihm das ganze Stückchen Brot und sagte: „Gott segne dir's", und ging weiter.
Da kam ein Kind, das jammerte und sprach: „Es friert mich so an meinem Kopfe, schenk mit etwas, womit ich ihn bedecken kann!" Da tat es seine Mütze ab und gab sie ihm.
Und als es noch eine Weile gegangen war, kam wieder ein Kind und hatte kein Leibchen an und fror. Da gab es ihm seins. Und noch weiter, da bat eins um ein Röcklein; das gab es auch von sich hin. Endlich gelangte es in einen Wald, und es war schon dunkel geworden; da kam noch eins und bat um ein Hemdlein, und das fromme Mädchen dachte: Es ist dunkle Nacht, da sieht dich niemand; du kannst wohl dein Hemd weggeben, und zog das Hemd ab und gab es auch noch hin.
Und wie es so stand und gar nichts mehr hatte, fielen auf einmal die Sterne vom Himmel und waren lauter harte, blanke Taler; und ob es gleich sein Hemdlein weggegeben, so hatte es ein neues an, und das war vom allerfeinsten Linnen. Da sammelte es sich die Taler hinein und war reich für sein Lebtag.

Steerndalers

Do is mal 'n lütt Deern west, de sünd Vadder un Mudder doot bleben, un se is man so arm, se hett keen Kamer mehr, dor se in wahnen kann, un keen Bett mehr, dor se in slapen kann, un toletzt gor nix mehr as dat Tüüch op 'n Lief un en Stück Broot in de Hand, wat ehr en barmhartig Minschenseel geben hett. Se is aber goot un fraam west. Un do se nu so vun alle Welt verlaten is, do geiht se in Tovertroon op den leben Gott rut in de wiede Welt.
Do bemött ehr dor en armen Mann, de seggt: „Och, geev mi doch 'n beten wat to eten, ick bün so hungerig." Do gifft se em dat ganze Stück Broot un seggt: „Gott segen di dat", un geiht wieder.
Do kümmt dor en Kind, dat jammert un sprickt: „Mi freert de Kopp. Geev mi doch wat, wo ick em mit warmen kann." Do nimmt de Deern ehr Mütz af un gifft se weg.
As se noch 'n Stoot gahn is, do kümmt wedder en Kind, dat hett keen Ünnerkleed an un freert. Do schenkt se em ehr egen. Un noch 'n Stück wieder, do fraagt en Kind na 'n Rock, un den gifft se ok weg.
Toletzt kümmt se in en Holt, un dat is so düüster, do kümmt noch en un will en Hemd hebben. Un de Deern is ja fraam un denkt: Dat is depe Nacht, do süht mi doch keeneen, du kannst woll dien Hemd weggeben", un se treckt dat Hemd ut un gifft ok dat noch weg.
Un as se nu so dor steiht un gor nix mehr hett, do fallt op 'n Mal de Steerns vun 'n Heven un sünd luter blanke, hatte Dalers. Un liekers se ehr Hemd weggeben hett, so hett se nu doch en nees an, un dat is vun dat fienste Linnen. Dor sammelt se sick de Dalers nu rin un is riek för ehr Leevdag.

Die Wassernixe

Ein Brüderchen und ein Schwesterchen spielten an einem Brunnen, und wie sie so spielten, plumpten sie beide hinein. Da war unten eine Wassernixe, die sprach: „Jetzt habe ich euch, jetzt sollt ihr mir brav arbeiten", und führte sie mit sich fort.

Dem Mädchen gab sie verwirrten garstigen Flachs zu spinnen, und es mußte Wasser in ein hohles Faß schleppen, der Junge aber sollte einen Baum mit einer stumpfen Axt hauen; und nichts zu essen bekamen sie als steinharte Klöße.

Da wurden zuletzt die Kinder so ungeduldig, daß sie warteten, bis eines Sonntags die Nixe in der Kirche war, da entflohen sie. Und als die Kirche vorbei war, sah die Nixe, daß die Vögel ausgeflogen waren, und setzte ihnen mit großen Sprüngen nach. Die Kinder erblickten sie aber von weitem, und das Mädchen warf eine Bürste hinter sich, das gab einen großen Bürstenberg mit tausend und tausend Stacheln, über den die Nixe mit großer Mühe klettern mußte; endlich aber kam sie doch hinüber.

Wie das die Kinder sahen, warf der Knabe einen Kamm hinter sich, das gab einen großen Kammberg mit tausendmal tausend Zinken, aber die Nixe wußte sich daran festzuhalten und kam zuletzt doch drüber.

Da warf das Mädchen einen Spiegel hinterwärts, welches einen Spiegelberg gab, der war so glatt, so glatt, daß sie unmöglich drüber konnte. Da dachte sie: „Ich will geschwind nach Hause gehen und meine Axt holen und den Spiegelberg entzweihauen."

Bis sie aber wiederkam und das Glas aufgehauen hatte, waren die Kinder längst weit entflohen, und die Wassernixe mußte sich wieder in ihren Brunnen trollen.

De Watermöhm

En Jung un en Deern, Broder un Swester, speelt bi enen Soot. As se dor so speelt, fallt se beid rin.
Do sitt dor ünnen de Watermöhm, de seggt: „Nu heff ick juuch! Nu süllt ji mi düchdig arbeiden!“, un se nimmt de beiden mit.
De Deern kriggt vertüderten Flass to spinnen, un se mutt ok noch ümmer Water in en holles Fatt geten. De Jung aber sall mit en stumpe Äx enen Boom ümhauen. Un nix to eten kriegt se as steenhatte ole Klüten.
Do warrt toletzt de Kinner ungedüllig, un se töövt, bit enen Sünndag dat Waterwief to Kark geiht. Do loopt de beiden weg.
As nu de Kark ut is un de Watermöhm na Huus kümmt, do warrt se wies, dat dat Nest leer is un de beiden Vagels sünd utflagen. Do löppt se mit grote Schreed achteran.
De Kinner kiekt sick üm un seht se vun wieden ankamen. Do smitt de Deern en Böst achter sick, dat gifft enen groten Böstenbarg mit dusend un dusend Stengels. Dor kann de Watermöhm man mit Möh un Noot öberwegklattern; aber op't letzt kümmt se doch röber.
As de Kinner dat markt, do smitt de Jung enen Kamm achter sick, dat gifft enen groten Kammbarg mit dusend un dusend Tinken. De Möhm aber weet sick doran fasttoholen un kümmt toletzt doch doröber weg.
Do smitt de Deern enen Spegel na achtern, dat gifft enen Spegelbarg, so glatt, so glatt, dat se dor gor nich öberweg kann. Do denkt de Möhm: „Ick will gau na Huus lopen un de Äx halen un den Spegelbarg tweihauen.“
Bit se nu wedderkümmt un dat Glas twei hett, sünd de Kinner al lang weg, und de Watermöhm mutt alleen wedder rin na ehren Soot.

Das Eselein

Es lebte einmal ein König und eine Königin, die waren reich und hatten alles, was sie sich wünschten, nur keine Kinder. Darüber klagte sie Tag und Nacht und sprach: „Ich bin wie ein Acker, auf dem nichts wächst." Endlich erfüllte Gott ihre Wünsche; als das Kind aber zur Welt kam, sah's nicht aus wie ein Menschenkind, sondern war ein junges Eselein. Wie die Mutter das erblickte, fing ihr Jammer und Geschrei erst recht an, sie hätte lieber gar kein Kind gehabt als einen Esel, und sagte, man sollte ihn ins Wasser werfen, damit ihn die Fische fräßen.

Der König aber sprach: „Nein, hat Gott ihn gegeben, soll er auch mein Sohn und Erbe sein, nach meinem Tod auf dem königlichen Thron sitzen und die königliche Krone tragen." Also ward das Eselein aufgezogen, nahm zu, und die Ohren wuchsen ihm auch fein hoch und gerade hinauf. Es war aber sonst fröhlicher Art, sprang herum, spielte und hatte besondere Freude an der Musik, so daß es zu einem berühmten Spielmann ging und sprach: „Lehre mich deine Kunst, daß ich so gut die Laute schlagen kann als du." – „Ach, liebes Herrlein", antwortete der Spielmann, „das sollt Euch schwerfallen, Eure Finger sind allerdings nicht dazu gemacht und viel zu groß; ich sorge, die Saiten halten's nicht aus." Es half keine Ausrede, das Eselein wollte und mußte die Laute schlagen, war beharrlich und fleißig und lernte es am Ende so gut wie sein Meister selber.

Einmal ging das junge Herrlein nachdenklich spazieren und kam an einen Brunnen, da schaute es hinein und sah im spiegelhellen Wasser seine Eselsgestalt.Darüber ward es so betrübt, daß es in die weite Welt ging und nur einen treuen Gesellen mitnahm. Sie zogen auf und ab, zuletzt kamen sie in ein Reich, wo ein alter König herrschte, der nur eine einzige, aber wunderschöne Tochter hatte. Das Eselein sagte: „Hier wollen wir weilen", klopfte ans Tor und rief, „es ist ein Gast draußen, macht auf, damit er eingehen kann!" Als aber nicht aufgetan wurde, setzte es sich hin, nahm seine Laute und schlug sie mit seinen zwei Vorderfüßen aufs lieblichste. Da sperrte der Türhü-

De lütte Esel

Do sünd mal en König un en Königin west, de sünd riek und hebbt allens, wat se sick wünschen köönt, man blot keen Kinner. Doröber klaagt se Dag un Nacht, un de Königin seggt: „Ick bün as en Kamp, op den nix wassen deit." Toletzt aber höört Gott ehr Klagen un Beden. As dat Kind nu op de Welt kümmt, do süht dat aber nich ut as en Minschenkind, veelmehr as en jungen Esel. Nu fangt dat Jammern un Wenen eerst recht an: Se harr leber gor keen Kind as enen Esel, seggt se, un dat sull in't Water smeten warrn, dat de Fisch dat freet. De König aber seggt: „Nee! Gott hett em uns geben, nu sall he ok mien Söhn un Arben sien, sall na mienen Dood op den Throon sitten un de Kroon dregen!" So warrt nu de lütte Esel optrocken; he nimmt to, un de Ohren waßt ok fein hooch un graad op. He is aber sünst ümmer goot toweeg, springt ümher, speelt un hett vör allen Lust to de Musik. Un so geiht he na enen berühmten Speelmann un seggt: „Lehr mit doch dat Spelen op de Klamp, dat ick dat so goot kann as du dat kannst!" – „Och, mien Jung", antert de Speelmann, „dat is woll nich so licht, dat warrt di swoorfallen. Dien Fingern sünd nich dorto maakt un veel to groot. Ick bün ok bang, de Sieden hoolt dat nich ut." Man dor helpt keen Utreden, de lütte Esel will un mutt op de Klamp spelen lehren, flietig un mit Utduur, un toletzt lehrt he dat so goot as de Meister sülben.
Enmal geiht de junge Herr nadenkern spazeren un kümmt an enen Soot. He kickt dor rin un süht ünnen in't Water sienen Eselskopp. Dor ist he so bedröövt öber, dat he weggeiht, weg vun sienen Vadder un sien Mudder, in de wiede Welt rin, un blot enen goden Gesellen nimmt he mit sick. Se reist hin un her, un toletzt kaamt se in en Riek, wo en olen König herrscht, de blot een eenzige wunnerschöne Dochter hett. De junge Esel seggt: „Hier wöllt wi blieben", kloppt an de Döör un röppt: „Hier is Besöök, maakt op, dat he rinkamen kann!" As de Döör to blifft, do nimmt he sien Klamp un speelt mit sien twee Vörbeen dor op,

ter gewaltig die Augen auf, lief zum König und sprach: „Da draußen sitzt ein junges Eselein vor dem Tor, das schlägt die Laute so gut wie ein gelernter Meister. - „So laß mir den Musikanten hereinkommen", sprach der König. Wie aber ein Eselein hereintrat, fing alles an, über den Lautenschläger zu lachen. Nun sollte das Eselein unten zu den Knechten gesetzt und gespeist werden, es ward aber unwillig und sprach: „Ich bin kein gemeines Stalleselein, ich bin ein vornehmes." Da sagten sie: „Wenn du das bist, so setze dich zu dem Kriegsvolk." - „Nein", sprach es, „ich will beim König sitzen." Der König lachte und sprach in gutem Mut: „Ja, es soll so sein, wie du verlangst, Eselein, komm her zu mir!" Danach fragte er: „Eselein, wie gefällt dir meine Tochter?" Das Eselein drehte den Kopf nach ihr, schaute sie an, nickte und sprach: „Über alle Maßen, sie ist so schön, wie ich noch keine gesehen habe." - „Nun, so sollst du auch neben ihr sitzen", sagte der König. „Das ist mir eben recht", sprach das Eselein und setzte sich an ihre Seite, aß und trank und wußte sich fein säuberlich zu betragen.
Als das edle Tierlein eine gute Zeit an des Königs Hof geblieben war, dachte es: „Was hilft das alles, du mußt wieder heim", ließ den Kopf traurig hängen, trat vor den König und verlangte seinen Abschied. Der König hatte es aber liebegewonnen und sprach: „Eselein, was ist dir? Du schaust ja sauer wie ein Essigkrug; bleib bei mir, ich will dir geben, was du verlangst. Willst du Gold?" - „Nein", sagte das Eselein und schüttelte mit dem Kopf. „Willst du Kostbarkeiten und Schmuck?" - „Nein". - Willst du mein halbes Reich?" - „Ach nein." Da sprach der König: „Wenn ich nur wüßte, was dich vergnügt machen könnte. Willst du meine schöne Tochter zur Frau?" „Ach ja", sagte das Eselein, „die möchte ich wohl haben", war auf einmal ganz lustig und guter Dinge, denn das war's gerade, was es sich gewünscht hatte. Also ward eine große und prächtige Hochzeit gehalten. Abends, wie Braut und Bräutigam in ihr Schlafkämmerlein geführt wurden, wollte der König wissen, ob sich das Eselein auch fein und artig und manierlich betrüge, und hieß einen Diener sich dort verstecken.
Wie sie nun beide drinnen waren, schob der Bräutigam den Riegel vor die Türe, blickte sich um, und wie er glaubte, daß sie ganz allein wären, warf er auf einmal seine Eselshaut ab und stand da als ein

dat dat man so klingt. Nu sparrt de Mann, de an de Döör sitten deit, gewaltig sien Ogen op, löppt na den König un seggt: „Buten sitt en jungen Esel, de speelt op de Klamp so goot as en Meister." – „Denn laat den Muskanten rin", seggt de König. As nu de Esel rinkümmt, fangt allens an to lachen över dissen Klampenspeler. Nu sall de Esel ünnen bi de Knechten sitten un wat eten. Do warrt he unwillig un seggt: „Ick bün keen gewöhnlichen Stallesel, ick bün en vörnehmen." Do seggt se: „Wenn du dat büst, denn sett di man bi dat Kriegsvolk dal." „Nee", seggt he, „ick will bi den König sitten."
De König lacht, hett gode Luun un seggt: „Ja, so sall't sien! Kumm her, Esel, kumm na mi!" Denn fraagt he: „Lütt Esel, wo gefallt di mien Dochter?" De Esel dreiht sick na ehr üm, kickt ehr an, nickköppt un seggt: „Över de Maten goot! Se is so schöön, as ick noch keen sehn heff." – „Denn sallst du ok bi ehr sitten", seggt de König. – „Is mi recht", seggt de Esel, sett sick an ehr Siet, itt un drinkt un weet sick ok fein maneerlich to bedregen.
As de feine junge Herr nu en gode Tiet an den König sienen Hoff west is, do denkt he: „Wat helpt dat, du mußt wedder weg hier un na Huus." He lett den Kopp trurig hangen, geiht na den König un verlangt sienen Afscheed.
De König aber mag em lieden. He seggt to den Esel: „Wat is mit di? Du sühst ja so suur ut as 'n Essigkruuk. Bliev man hier bi mi, ick will di allens geben, wat du wullt. Wullt du Gold?"
„Nee", seggt de Esel un schüddkoppt.
„Wullt du Ringen un Smuck?" – „Nee."
„Wullt du dat halbe Königriek?" – „Och nee."
Do seggt de König: „Wenn ick doch man blot wüßt, wat di Vergnögen maken kunn: Wullt du mien Dochter?" – „Och ja", seggt de Esel, „de müch ick woll hebben", un is mit eenmal vergnöögt un goden Moots. Dat weer't ja graad, wat he wull! So warrt nu groot Hochtiet holen. Abends, as Bruut un Brögam in ehr Slaapkamer gaht, do will de König weten, wat de Esel dor ok ornlich un maneerlich trechtkümmt, un he lett enen vun de Deners sick dor versteken.
As de beiden nu binnen sünd, maakt de Brögam den Knebel vör de Döör, kickt sick üm, un as he denkt, se sünd ganz alleen, do

schöner königlicher Jüngling. „Nun siehst du", sprach er, „wer ich bin, und siehst auch, daß ich deiner nicht unwert war." Da war die Braut froh, küßte ihn und hatte ihn von Herzen lieb. Als aber der Morgen herankam, sprang er auf, zog seine Tierhaut wieder über, und kein Mensch hätte gedacht, was für einer dahintersteckte. Bald kam auch der alte König. „Ei", rief er, „ist das Eselein schon munter! Du bist wohl recht traurig", sagte er zu seiner Tochter, „daß du keinen ordentlichen Menschen zum Mann bekommen hast?" „Ach nein, lieber Vater, ich habe ihn so lieb, als wenn er der allerschönste wäre, und will ihn mein Lebtag behalten." Der König wunderte sich, aber der Diener, der sich versteckt hatte, kam und offenbarte ihm alles. Der König sprach: „Das ist nimmermehr wahr." „So wacht selber die folgende Nacht, Ihr werdet's mit eigenen Augen sehen, und wißt Ihr was, Herr König, nehmt ihm die Haut weg und werft sie ins Feuer, so muß er sich wohl in seiner rechten Gestalt zeigen." „Dein Rat ist gut", sprach der König, und abends, als sie schliefen, schlich er sich hinein, und wie er zum Bett kam, sah er im Mondschein einen stolzen Jüngling ruhen, und die Haut lag abgestreift auf der Erde. Da nahm er sie weg und ließ draußen ein gewaltiges Feuer anmachen und die Haut hineinwerfen, und blieb selber dabei, bis sie ganz zu Asche verbrannt war. Weil er aber sehen wollte, wie sich der Beraubte anstellen würde, blieb er die Nacht über wach und lauschte. Als der Jüngling ausgeschlafen hatten, beim ersten Morgenschein, stand er auf und wollte die Eselshaut anziehen, aber sie war nicht zu finden. Da erschrak er und sprach voll Trauer und Angst: „Nun muß ich sehen, daß ich entfliehe." Wie er hinaustrat, stand aber der König da und sprach: „Mein Sohn, wohin so eilig, was hast du im Sinn? Bleib hier, du bist ein so schöner Mann, du sollst nicht wieder von mir. Ich gebe dir jetzt mein Reich halb, und nach meinem Tode bekommst du es ganz." –

„So wünsch' ich, daß der gute Anfang auch ein gutes Ende nehme", sprach der Jüngling, „ich bleibe bei Euch." Da gab ihm der Alte das halbe Reich, und als er nach einem halben Jahr starb, hatte er das ganze und nach dem Todes seines Vaters noch eins dazu und lebte in aller Herrlichkeit.

smitt he mit'nmal sien Eselshuut af un steiht dor as en schönen jungen Prinzen. „Nu sühst du, wokeen ick bün“, seggt he, „un sühst ok, wat ick weert bün.“ Do is de Bruut froh, faat em üm un drückt em an ehr Hart. As aber de Morgen kümmt, do springt he op, treckt sien Eselshuut wedder öber, un keen Minsch harr dacht, wokeen dor achter stickt. Nu kümmt ok de ole König an un röppt: „Nanu, is de junge Esel al munter?“ – „Büst du nu trurig“, seggt he to sien Dochter, „dat du kenen ornlichen Minschen kregen hest?“ „Och nee, Vadder, ick heff em so leef, as wenn he de allerschöönste Mann weer, un ick will em mien Leevdag beholen!“

De König wunnert sick, aber de Dener, de sick versteken hett, de kümmt un vertellt em allens. De König seggt: „Dat kann doch nich wohr sien!“

„Denn waakt doch sülben de anner Nacht“, seggt de Dener, „Ji warrt dat mit egen Ogen sehn. – Weet ji wat: Nehmt em de Huut weg un smiet se in't Füür, denn mutt he ok an'n Dag sien gode Gestalt wiesen!“

„De Raat is goot“, seggt de König, un abends, as se slaapt, sliekt he sick rin, un as he an dat Bett kümmt, do süht he dor enen slanken jungen Mann liggen, un de Huut liggt dorvör an de Eer. Do nimmt he se weg un lett buten en grotes Füür anmaken un de Huut dor rinsmieten un blifft sülbst dorbi stahn, bit se ganz to Asch worrn is. Denn geiht he wedder na de Slaapkamer un paßt op.

As de junge Mann nu opwaakt, bi't eerste Morgenlicht, do steiht he op un will sien Eselshuut antrecken, aber he kann se nich finnen. Do verfehrt he sick un seggt vull Truur und Angst: „Nu mutt ick sehn, dat ick wegkaam!“ As he aber rut will, do steiht de König dor un seggt: „Mien Söhn, wo wullt du hin? Wat hest du in 'n Sinn? Bliev hier, du büst en schönen Mann, du sallst nich wedder weg. Ick geev di foorts dat halbe Riek, un na mienen Dood kriggst du allens.“ – „Denn wull ick, dat de gode Anfang ok en godes End nimmt“, seggt de junge Mann, „ick bliev bi juuch.“ Do gifft em de ole König dat halbe Riek, un as he na en Johr dootblifft, do hett he dat ganze un von sienen Vadder noch en dorto. Nu leevt he in alle Herrlichkeit.

Der alte Sultan

Es hatte ein Bauer einen treuen Hund, der Sultan hieß; der war alt geworden und hatte alle Zähne verloren, so daß er nichts mehr fest packen konnte. Zu einer Zeit stand der Bauer mit seiner Frau vor der Haustüre und sprach: „Den alten Sultan schieß' ich morgen tot, der ist zu nichts mehr nütze." Die Frau, die Mitleid mit dem treuen Tier hatte, antwortete: „Da er uns so lange Jahre gedient hat und ehrlich bei uns gehalten, so könnten wir ihm wohl das Gnadenbrot geben." - „Ei was", sagte der Mann, „du bist nicht recht gescheit: Er hat keinen Zahn mehr im Maul, und kein Dieb fürchtet sich vor ihm, er kann jetzt abgehen. Hat er uns gedient, so hat er sein gutes Fressen dafür gekriegt." - Der arme Hund, der nicht weit davon in der Sonne ausgestreckt lag, hatte alles mit angehört und war traurig, daß morgen sein letzter Tag sein sollte. Er hatte einen guten Freund, das war der Wolf, zu dem schlich er abends hinaus in den Wald und klagte über sein Schicksal, das ihm bevorstände. „Höre, Gevatter", sagte der Wolf, „sei guten Mutes, ich will dir aus deiner Not helfen. Ich habe etwas ausgedacht. Morgen in aller Frühe geht dein Herr mit seiner Frau ins Heu, und sie nehmen ihr kleines Kind mit, weil niemand im Haus zurückbleibt. Sie pflegen das Kind während der Arbeit hinter die Hecke in den Schatten zu legen; lege dich daneben, gleich als wolltest du es bewachen. Ich will dann aus dem Walde herauskommen und das Kind rauben - du mußt mir eifrig nachspringen, als wolltest du mir es wieder abjagen. Ich lasse es fallen, und du bringst es den Eltern wieder zurück, die glauben dann, du hättest es gerettet, und sind viel zu dankbar, als daß sie dir ein Leid antun sollten; im Gegenteil, du kommst in völlige Gnade, und sie werden es dir an nichts mehr fehlen lassen." - Der Anschlag gefiel dem Hund, und wie er ausgedacht war, so ward er auch ausgeführt. Der Vater schrie, als er den Wolf mit seinem Kinde durchs Feld laufen sah; als es aber der alte Sultan zurückbrachte, da war er froh, streichelte ihn und sagte: „Dir soll kein Härchen gekrümmt werden, du sollst das Gnadenbrot essen, solange du lebst." Zu seiner Frau aber

De ole Sultan

En Buur hett enen goden Hund hatt, de is ümmer tru west un hett oppaßt, de hett Sultan heten. De is nu oolt worrn un hett sien Tähnen verloren, so dat he nix mehr fast anpacken kann.
Nu steiht de Buur mit sien Fro vör de Huusdöör un seggt: „Den olen Sultan scheet ick morgen doot, de is to nix mehr nütz." De Fro aber, de en mitleidig Hart hett, de seggt: „He hett uns all de Johren deent un ümmer bi uns utholen, so köönt wie em nu woll dat Gnadenbroot geben." – „Och wat", seggt de Mann, „du büst nich recht klook. He hett keen Tähnen mehr in't Muul, un keen Deef is vör em bang, he kann nu afgahn. Wenn he uns deent hett, denn hett he ok sien godes Fudder dorför kregen."
De arme Hund, de nich wiet dorvun af in de Sünn liggt, de hett allens mit anhöört un is nu trurig, denn morgen sall sien letzte Dag sien.
He hett enen goden Fründ hat, dat is de Wulf. Na den sliekert he an'n Abend hen un klaagt em sien Noot. „Höör, Fründ", seggt de Wulf, „wees nich bang, ick will di ut de Noot helpen. Morgen fröh geiht dien Herr mit sien Fro to 'n Heuen, un se nehmt ehr lütt Kind mit. Se leggt dat Kind ümmer in 'n Schadden achter'n Knick, wenn se arbeidt. Legg du di dorbi hen, as wullst du op dat Kind oppassen. Ick kaam denn un nehm dat Kind weg, un du mußt denn düchtig achteranrennen un Larm maken, so as wullst du mi dat wedder afjagen. Ick laat dat Kind denn fallen, un du bringst dat wedder na sien Öllern hen, un de glöövt, du haddst dat rett, un se warrt di nix Leges andoon. In 'n Gegendeel, se sünd di dankbor un warrt dat an nix mehr fehlen laten."
Dat gefallt den Hund, un as de Wulf sick dat utdacht hett, so warrt dat ok utführt. De Vadder bölkt, as he den Wulf mit dat Kind weglopen süht. As de ole Sultan dat trüchbringt, do is he froh un strakelt em un seggt: „Di sall keen Hoor krümmt warrn, du sallst dien Gnadenbroot kriegen, so lang as du leevst." – Un to de Fro seggt he: „Gah gliek na Huus un kaak för den olen Sultan

sprach er: „Geh gleich heim und koche dem alten Sultan einen Weckbrei, und bring das Kopfkissen aus meinem Bette, das schenk' ich ihm zu seinem Lager." Von nun an hatte es der alte Sultan so gut, als er sich's nur wünschen konnte. Bald hernach besuchte ihn der Wolf und freute sich, daß alles so wohl gelungen war. „Aber Gevatter", sagte er, „du wirst doch ein Auge zudrücken, wenn ich bei Gelegenheit deinem Herrn ein fettes Schaf weghole." – „Darauf rechne nicht", antwortete der Hund, „meinem Herrn bleibe ich treu, das darf ich nicht zugeben." Der Wolf meinte, das wäre nicht im Ernste gesprochen, kam in der Nacht herangeschlichen und wollte sich das Schaf holen. Aber der Bauer, dem der treue Sultan das Vorhaben des Wolfes verraten hatte, paßte ihm auf und kämmte ihm mit dem Dreschflegel garstig die Haare. Der Wolf mußte ausreißen, schrie aber dem Hund zu: „Wart', dafür sollst du büßen." Am andern Morgen schickte der Wolf das Schwein und ließ den Hund hinaus in den Wald fordern, da wollten sie ihre Sache ausmachen. Der alte Sultan konnte keinen Beistand finden als eine Katze, die nur drei Beine hatte, und als sie zusammen hinausgingen, humpelte die arme Katze daher und streckte zugleich vor Schmerz den Schwanz in die Höhe. Der Wolf und sein Beistand waren schon an Ort und Stelle; als sie aber ihren Gegner daherkommen sahen, meinten sie, er führte einen Säbel mit sich, weil sie den aufgerichteten Schwanz der Katze dafür ansahen. Und wenn das arme Tier so auf drei Beinen hüpfte, dachten sie, es höbe jedesmal einen Stein auf und wollte damit auf sie werfen. Da ward ihnen beiden angst; das wilde Schwein verkroch sich ins Laub, und der Wolf sprang auf einen Baum. Der Hund und die Katze, als sie herankamen, wunderten sich, daß sich niemand sehen ließ. Das wilde Schwein aber hatte sich im Laub nicht ganz verstecken können, sondern die Ohren ragten noch heraus. Während die Katze sich bedächtig umschaute, zwinste das Schwein mit den Ohren. Die Katze, welche meinte, es regte sich da eine Maus, sprang darauf zu und biß herzhaft hinein. Da erhob sich das Schwein mit großem Geschrei, lief fort und rief: „Dort auf dem Baum, da sitzt der Schuldige." Der Hund und die Katze schauten hinauf und erblickten den Wolf; der schämte sich, daß er sich so furchtsam gezeigt hatte, und nahm von dem Hund den Frieden an.

enen goden Bree, den bruukt he nich to bieten, un bring dat Koppküssen ut mien Bett, dat schenk ick em för sien Lager." – Vun nu an hett de ole Sultan dat so goot, as he sick dat man wünschen kann.
Bald dornah kümmt de Wulf to Besöök un freut sick, dat allens so goot gahn hett. „Man Fründ", seggt he, „du warrst doch woll 'n Oog todrücken, wenn ick nu bi Gelegenheit dienen Herrn en fettes Schaap weghaal. Hüüttodaags is dat Leben nich so licht." – „Dor wart nix vun", seggt de Hund, „mienen Herrn bliev ick tru." De Wulf meent, dat weer nich sien Eernst, un he kümmt bi Nacht un will sick dat Schaap halen. Aber de Buur, den de true Sultan Bescheed seggt hett, de paßt em op un kämmt em mit den Döschflegen ganz gehörig dat Fell. De Wulf mutt utrieten, aber he röppt den Hund noch to: „Tööv, du Aas, dat sall di slecht bekamen!"
Den annern Morgen schickt de Wulf dat Swien un lett den Hund bestellen, he sall rutkamen in't Holt, do wöllt se ehr Saak utmaken. De ole Sultan kann kenen annern Bistand finnen as en Katt, de man blot noch dree Been hett, und as se tosamen rutgaht, do humpelt de Katt un höllt den Steert vör Wehdaag tohööcht. De Wulf un sien Bistand sünd al to Stell. As se aber de beiden ankamen seht, do meent se, de Hund hett enen Säbel bi sick, as se den oprichten Steert vun de Katt to sehn kriegt. Un wenn dat arme Deert so op dree Been hüppt, denn denkt se, de Katt nimmt jedesmal enen Steen op un will jem dormit smieten.
Do warrt se bang. Dat Swien verkrüppt sick in't Loof, un de Wulf springt op'n Boom. De Hund un de Katt, as se rankaamt, wunnert sick, dat keeneen to sehn is. Dat Swien aber hett sick in't Loof nich ganz versteken kunnt, un sien Ohren kiekt dor noch rut. De Katt denkt, dor röögt sick 'n Muus, springt to un bitt dor rin. Do kümmt dat Swien hooch un löppt mit Schriegen weg un röppt: „Dor op den Boom, dor sitt de Schüllige!" De Hund un de Katt kiekt na baben un seht den Wulf. De schaamt sick, dat he so bang west is, un he maakt mit den Hund Freden.

Der arme Müllerbursch und das Kätzchen

In einer Mühle lebte ein alter Müller, der hatte weder Frau noch Kinder, und drei Müllerburschen dienten bei ihm. Wie sie nun etliche Jahre bei ihm gewesen waren, sagte er eines Tages zu ihnen: „Ich bin alt und will mich hinter den Ofen setzen: Zieht aus, und wer mir das beste Pferd nach Haus bringt, dem will ich die Mühle geben, und er soll mich dafür bis an meinen Tod verpflegen." Der dritte von den Burschen war aber der Kleinknecht, der ward von den anderen für albern gehalten, dem gönnten sie die Mühle nicht; und er wollte sie hernach nicht einmal. Da zogen alle drei miteinander aus, und wie sie vor das Dorf kamen, sagten die zwei zu dem albernen Hans: „Du kannst nur hierbleiben, du kriegst dein Lebtag keinen Gaul." Hans aber ging doch mit, und als Nacht war, kamen sie an eine Höhle, da hinein legten sie sich schlafen. Die zwei Klugen warteten, bis Hans eingeschlafen war, dann stiegen sie auf, machten sich fort und ließen Hänschen liegen und meinten's recht fein gemacht zu haben; ja, es wird euch doch nicht gutgehen! Wie nun die Sonne kam und Hans aufwachte, lag er in einer tiefen Höhle; er guckte sich überall um und rief: „Ach Gott, wo bin ich!" Da erhob er sich und krabbelte die Höhle hinauf, ging in den Wald und dachte: „Ich bin hier ganz allein und verlassen, wie soll ich nun zu einem Pferd kommen!" Indem er so in Gedanken dahinging, begegnete ihm ein kleines buntes Kätzchen, das sprach ganz freundlich. „Hans, wo willst du hin?" – „Ach, du kannst mir doch nicht helfen." – „Was dein Begehren ist, weiß ich wohl", sprach das Kätzchen, „du willst einen hübschen Gaul haben. Komm mit mir und sei sieben Jahre mein treuer Knecht, so will ich dir einen geben, schöner, als du dein Lebtag einen gesehen hast." Nun, das ist eine wunderliche Katze, dachte Hans, aber sehen will ich doch, ob das wahr ist, was sie sagt. Da nahm sie ihn mit in ihr verwünschtes Schlößchen und hatte da lauter Kätzchen, die ihr dienten: Die sprangen flink die Treppe auf und ab, waren lustig und guter Dinge. Abends, als sie sich zu Tisch setzten, mußten drei Musik machen, eins strich den Baß, das andere die Geige, das dritte

De arme Möllerknecht un de lütt Katt

En olen Möller leevt in sien Möhl. He hett keen Fro un Kinner, man dree Knechten hebbt bi em deent.
As se nu männich Johr bi em west sünd, do seggt he enmal to jem: „Ick bün nu oolt un will mi to Roh setten. Gaht ji in de Welt, un de dat beste Peerd na Huus bringt, den will ick de Möhl geben, un he sall mi denn bit an mien End versorgen."
De drütt von de Knechten, de Lüttknecht, de warrt nu vun de annern beiden nich för vull nahmen, den hebbt s' för albern holen, den günnt se de Möhl nich, un he will se ok gor nich.
Se treckt nu all dree tosamen ut, un as se in en Dörp kaamt, do seggt de twee to den lütten Hans: „Du kannst man hier blieben, du kriggst dien Leevdag keen Peerd." Hans aber geiht doch mit, un as dat Nacht warrt, do kaamt se an en Höhl, dor leggt se sick dal. De twee Kloken töövt, bit Hans inslapen is, un denn staht se lies op un laat Hans dor liggen, un se meent, se hebbt dat recht goot maakt; aber paßt man op, dat warrt doch nich goot gahn!
As nu de Sünn kümmt un Hans opwaakt, do liggt he deep ünnen in de Höhl, un he röppt: „Och Gott, woneem bün ick?" He steiht op un krüppt rut ut de Höhl, geiht na't Holt rin un denkt: Hier bün ick ganz alleen un verlaten, wo sall ick nu to 'n Peerd kamen!
Un as he so in Gedanken wiedergeiht, do kümmt em en lütt bunt Katt in de Mööt, de fangt mit em dat Snacken an un seggt: „Hans, wo wullt du hen?"
„Och, du kannst mi doch nich helpen."
„Ick weet woll, wat du müchst", seggt de Katt, „du wullst en godes Peerd hebben. Kumm mit mi un deen bi mi söben Johr as Knecht, denn will ick di en geben, so as du dien Leevdag noch keen sehn hest."
Na, dat is ja 'n gediegen Katt, denkt Hans, man sehn müch ick doch, wat dat wohr is. – Do nimmt se em mit in ehr Sloß.
Dor hett se 'n ganzen Barg lütte Katten, de ehr deent; de springt ümmer flink de Treppen op un dal, ümmer lustig un munter.

setzte die Trompete an und blies die Backen auf, so sehr es nur konnte. Als sie gegessen hatten, wurde der Tisch weggetragen, und die Katze sagte: „Nun komm, Hans, und tanze mit mir!" - „Nein", antwortete er, „mit einer Miezekatze tanze ich nicht, das habe ich noch niemals getan." - „So bringt ihn ins Bett!" sagte sie zu den Kätzchen. Da leuchtete ihm eins in seine Schlafkammer, eins zog ihm die Schuhe aus, eins die Strümpfe, und zuletzt blies eins das Licht aus. Am anderen Morgen kamen sie wieder und halfen ihm aus dem Bett: Eins zog ihm die Strümpfe an, eins band ihm die Strumpfbänder, eins holte die Schuhe, eins wusch ihn, und eins trocknete ihm mit dem Schwanz das Gesicht ab. „Das tut recht sanft", sagte Hans. Er mußte aber auch der Katze dienen und alle Tage Holz kleinmachen; dazu kriegte er eine Axt von Silber und die Keile und Säge von Silber, und der Schläger war von Kupfer. Nun, da machte er's klein, blieb da im Haus, hatte sein gutes Essen und Trinken, sah aber niemand als die bunte Katze und ihr Gesinde. Einmal sagte sie zu ihm: „Geh hin und mähe meine Wiese und mache das Gras trocken!" und gab ihm von Silber eine Sense und von Gold einen Wetzstein, hieß ihn aber auch alles wieder richtig abliefern. Da ging Hans hin und tat, was ihm geheißen war; nach vollbrachter Arbeit trug er Sense, Wetzstein und Heu nach Haus und fragte, ob sie ihm noch nicht seinen Lohn geben wollte. „Nein", sagte die Katze, „du sollst mir noch einerlei tun, da ist Bauholz von Silber, Zimmeraxt, Winkeleisen und was nötig ist, alles von Silber; daraus baue mir erst ein kleines Häuschen!" Da baute Hans das Haus fertig und sagte, er hätte nun alles getan und hätte noch kein Pferd. Da waren ihm die sieben Jahre herumgegangen wie ein halbes. Fragte die Katze, ob er ihre Pferde sehen wollte? „Ja", sagte Hans. Da machte sie ihm das Häuschen auf, und wie sie die Tür so aufmachte, da stehen zwölf Pferde, ach, die waren gewesen ganz stolz, die hatten geblänkt und gespiegelt, daß sich sein Herz im Leibe freute. Nun gab sie ihm zu essen und zu trinken und sprach: „Geh heim, dein Pferd gebe ich dir nicht mit; in drei Tagen aber komm ich und bringe dir's nach." Also machte Hans sich auf, und sie zeigte ihm den Weg zur Mühle. Sie hatte ihm aber nicht einmal ein neues Kleid gegeben, sondern er mußte sein altes lumpiges Kittelchen behalten, das er mitgebracht hatte und das ihm in den sieben Jahren überall zu kurz geworden war.

Abends, wenn se sick to ' Eten hensett, denn mööt dree vun jem Musik maken: De een speelt den Brummbaß, de anner op de Fiedel, un de drütt puust in't Hoorn, so dull as dat man geiht.
As se eten hebbt, do seggt de Katt: „Nu kumm, Hans, un danz mit mi!"
„Ne", seggt he, „mit en Muuschkatt danz ick nich, dat heff ick noch nich eenmal daan."
„Denn bringt ji em to Bett!" seggt se to de lütten Katten.
Do lücht em een na der Slaapkammer, een treckt em de Schöh ut, een de Strümp, un toletzt puust een dat Licht ut.
An 'n annern Morgen kaamt se wedder un helpt em ut 'n Bett. Een treckt em de Strümp an, een bindt em de Strümpbänner üm, een haalt de Schöh, een wascht em, un een dröögt em mit 'n Steert dat Gesicht af. „Dat mag ick hebben", seggt Hans. He mutt aber för de Katt arbeiden un jeden Dag Füürholt maken; dorto kriggt he en Äx vun Sülber und Saag und Kiel vun Sülver, un den Hamer dorto vun Kopper. He maakt Holt un blifft dor, hett sien Eten un Drinken, kriggt aber nüms to Gesicht as man blot de bunt Katt un ehr Bedeensten. Enmal seggt se to em: „Gah hen un meih mien Wisch af un maak Heu!" Un se gifft em en Lee vun Sülber un den Wettsteen vun Gold. He sall aber allens wedder richtig aflevern. Do geiht Hans hen un deit, wat he sall, un as he ferdig is, do bringt he de Lee un den Wettsteen un dat Heu na Huus un fraagt, wat se em nich sienen Lohn geben will. „Nee", seggt se, „du sallst mi noch een Deel doon. Dor is Holt, en Timmeräx und Winkeliesen un allens wat du bruukst vun Sülber; dormit bu mi eerst en lütt Huus!" Nu buut Hans dat Huus un seggt, he hett nu allens daan un ümmer noch keen Peerd. Do weern de söben Johr ümgahn as wenn't man en half Johr west weer. Do fraagt de Katt, wat he ehr Peer sehn will. „Ja", seggt Hans. Do maakt se dat lütt Huus op, un as se de Döör opmaakt, do staht dor twölf Peer, een schöner as dat anner, so glatt un schier un blank, dat em vör Freud dat Hart in't Lief hüppt. Un denn gifft se em to eten un to drinken un seggt: „Gah to Huus, dien Peerd geev ick di nich mit, dat bring ick di in dree Daag na." So geiht Hans los, un se wiest em den Weg na de Möhl. Se hett em aber noch nich mal nee Tüüch geben, he mutt den olen Kittel

Wie er nun heimkam, so waren die beiden anderen Müllerburschen auch wieder da; jeder hatte zwar sein Pferd mitgebracht, aber des einen seins war blind, des andern seins lahm. Sie fragten: „Hans, wo hast du dein Pferd?" - „In drei Tagen wird's nachkommen." Da lachten sie und sagten: „Ja, du Hans, wo willst du ein Pferd herkriegen, das wird was Rechtes sein!" Hans ging in die Stube, der Müller sagte aber, er sollte nicht an den Tisch kommen, er wäre so zerrissen und zerlumpt, man müßte sich schämen, wenn jemand hereinkäme. Da gaben sie ihm ein bißchen Essen hinaus, und wie sie abends schlafen gingen, wollten ihm die zwei andern kein Bett geben, und er mußte endlich ins Gänseställchen kriechen und sich auf ein wenig hartes Stroh legen. Am andern Morgen, wie er aufwacht, sind schon die drei Tage herum, und es kommt eine Kutsche mit sechs Pferden, ei, die glänzten, daß es schön war, und ein Bedienter, der brachte noch ein siebentes, das war für den armen Müllerbursch. Aus der Kutsche aber stieg eine prächtige Königstochter und ging in die Mühle hinein, und die Königstochter war das kleine bunte Kätzchen, dem der arme Hans sieben Jahre gedient hatte. Sie fragte den Müller, wo der Mahlbursch, der Kleinknecht, wäre? Da sagte der Müller: „Den können wir nicht in die Mühle nehmen, der ist so verrissen und liegt im Gänsestall." Da sagte die Königstochter, sie sollten ihn gleich holen. Also holten sie ihn heraus, und er mußte sein Kittelchen zusammenpacken, um sich zu bedecken. Da schnallte der Bediente prächtige Kleider aus und mußte ihn waschen und anziehen, und wie er fertig war, konnte kein König schöner aussehen. Danach verlangte die Jungfrau die Pferde zu sehen, welche die andern Mahlburschen mitgebracht hatten, eins war blind, das andere lahm. Da ließ sie den Bedienten das siebente Pferd bringen; wie der Müller das sah, sprach er: „So eins ist mir noch nicht auf den Hof gekommen." - „Und das ist für den dritten Mahlbursch", sagte sie. „Da muß er die Mühle haben", sagte der Müller. Die Königstochter aber sprach, da wäre das Pferd, er sollte seine Mühle auch behalten, und nimmt ihren treuen Hans und setzt ihn in die Kutsche und fährt mit ihm fort. Sie fahren zuerst nach dem kleinen Häuschen, das er mit dem silbernen Werkzeug gebaut hat; da ist ein großes Schloß, und ist alles drin von Silber und Gold; und da hat sie ihn geheiratet und er war reich, so reich, daß er für sein Lebtag genug hatte.

beholen, de em nu in söben Johr ok noch öberall to kort worrn is. As he nu na Huus kümmt, do sünd de beiden annern Möllerknechten ok wedder dor. Beid hebbt se en Peerd mitbröcht, man den een sien is blind, den annern sien is lahm. Se fraagt em: „Hans, wo hest du dien Peerd?“ – „In dree Daag kümmt dat na.“ – Do lacht se un seggt: „Nanu, wo sall dat herkamen, dat warrt woll wat!“ Hans geiht na de Stuuv, de Möller seggt aber, he sall nich an 'n Disch kamen, sien Tüüch is so twei un schietig, do müß 'n sick schamen, wenn dor en kümmt. Do geevt se em 'n beten Eten na buten, un as se abends to Bett gaht, do wöllt se em in de Slaapstuuv nich hebben, un he mutt in 'n Goosstall krupen un sick op Stroh leggen.

Den annern Dag, as he opwaakt, do sünd de dree Daag al üm, un do kümmt dor en Kutsch mit söß Peer vör, de seht ut un gaht, dat dat man so 'n Oort hett, un en Bedeenten, de bringt noch en söövtes, dat is för den armen Möllerknecht. Ut de Kutsch stiggt nu en Königsdochter un geiht na de Möhl rin, un de Königsdochter, dat weer de lütt bunt Katt, wo de arme Hans söben Johr deent hett. Se fraagt den Möller, wo denn de Lüttknecht is. Do seggt de Möller: „Den köönt wi hier nich rinlaten, de is so afreten, de liggt in 'n Goosstall.“ Do seggt de Königsdochter, se söllt em gliek rinhalen. Se haalt em rin, un he mutt sienen olen Kittel tosamenholen, dat he man bedeckt blifft. Nu packt de Bedeente feine Kleder ut, un he mutt em waschen un antrecken, un as he ferdig is, do kunn keen König beter utsehen. Dorna verlangt de Prinzessin de Peer to sehen, de de beiden annern Knechten mitbröcht hebbt. Do is ja dat een lahm un dat anner blind. Nu lett se von den Bedeenten dat söövte Peerd bringen, un as de Möller dat süht, so seggt he: „So 'n is hier noch nich op 'n Hoff west!“ – „Un dat is för den drütten Mahlknecht“, seggt se. – „Denn mutt he de Möhl hebben!“ seggt de Möller. De Königsdochter aber seggt, dor is dat Peerd, he sall sien Möhl ok beholen, un se nimmt ehr'n troen Hans un sett em in de Kutsch un föhrt mit em af. Se föhrt toeerst na dat lütt Huus, dat he mit dat sülbern Warktüüch buut hett. Dat is nu ein groot Sloß, un is allens vun Sülber und Gold; un do hett se em heiraadt, un he is riek, so riek, dat he för sien Leevdag noog hett.

Vom halben Hahn

Es waren einmal zwei Frauen. Von denen hatte jede einen Hahn, einer war wie der andere. Einer der Frauen ging ihr Hahn verloren. Dadurch verzankten sich die beiden. Eine jede wollte den Hahn haben. Um dem Streit ein Ende zu machen, teilten sie den Hahn. Sie schnitten ihn mitten durch. Eine jede bekam die Hälfte.

Eines Tages ging der halbe Hahn der einen Frau auf den Mist zu scharren und fand dabei einen Beutel voll Geld. In dem Augenblick kam ein Herr vorbei und sagte: „Gib mir das Geld da! Du bekommst es am Ende vom Jahr wieder." Der Herr kam aber nicht wieder damit zurück. Da ging der halbe Hahn gucken, das Geld zu bekommen. Es begegnete ihm ein Trupp Vögel. Sie fragten den Hahn: „Halber Hahn, wo gehst du denn hin?" „Ich gehe zu meinem Herrn, das Geld zu verlangen. Wenn ihr mitgehen wollt, schlüpft hinten hinein!" Da schlüpften sie ihm alle hinten hinein.

Danach begegnete er einem Trupp Wölfe. Die sagten auch: „Halber Hahn, wo gehst du denn hin?" „Ich gehe zu meinem Herrn, das Geld zu heischen. Wenn ihr mitgehen wollt, schlüpft hinten hinein!" Die Wölfe schlüpften ihm auch hinten hinein.

Kurz darauf begegnete ihm ein Weiher. Der sagte auch: „Halber Hahn, wo gehst du denn hin?" „Ich gehe zu meinem Herrn, das Geld zu heischen. Wenn du mitgehen willst, schlüpfe hinten hinein!" Dann schlüpfte er auch hinten hinein.

Dann ging der halbe Hahn zu dem Herrn hin und wollte das Geld haben. Der Herr aber dachte: „Du bekommst es nicht! Ich mache dich kaputt!" Und er setzte den Hahn in einen Haufen Frucht, daß er sich kaputtfressen sollte.

Am Abend setzte er den halben Hahn dorthin, am Morgen aber stand er auf der Darre und krähte. Er hatte die Vögel herausgelassen, und die hatten alle Frucht aufgefressen. Da dachte der Herr: „Ich bekomme dich doch!" Und er sperrte ihn zu den Pferden ein. Da ließ der halbe Hahn die Wölfe heraus. Die Wölfe fraßen die

Vun 'n halben Hahn

Do sünd mal twee Froonslüüd west, de hebbt beid enen Hahn hatt, een is as de anner. Nu geiht de een von de Hahns verloren. Do kriegt sick de beiden Froonslüüd in de Hoor; beid wüllt s' den Hahn hebben. Üm den Striet en End to maken, deelt se den Hahn nu, jede kriggt enen halben.

Enen Dag geiht de halbe Hahn vun de een Fro op 'n Meß to kleien un findt dor enen Büdel vull Geld. In den Ogenblick kümmt de Herr vörbi un seggt: „Geev mi dat Geld! Du kriggst dat na 'n Johrs Tiet wedder." De Herr keem aber nich dormit öber. Do geiht de halbe Hahn los dat Geld to halen. Ünnerwegens kümmt em 'n Trupp Vagels in de Mööt. De fraagt den Hahn: „Halbe Hahn, wo wullt du hen?" – „Ick gah na mienen Herrn, dat Geld wedderhalen. Wenn ji mitwöllt, denn man achtern rin!" Do gaht se all bi em rin.

Dorna kümmt en Trupp Wülf. De seggt ok: „Halbe Hahn, wo wullt du hen?" – „Ick gah na mienen Herrn, dat Geld to föddern. Wenn ji mitwöllt, denn man achter rin!" De Wülf kruupt ok bi em rin.

Bald dorna kümmt he an en'n Diek. De seggt ok: „Halbe Hahn, wo geihst du hen?" „Ick gah na mienen Herrn, ick heff Geld to föddern. Wenn du mitgahn wullt, denn man achter rin!" Do geiht ok de Diek dor rin.

Denn kümmt de Hahn bi den Herrn an un will dat Geld hebben. De Herr aber denkt sick: „Du kriggst dat nich! Ick maak di kaputt!" Un he sett den Hahn op enen Hupen Koorn, dat he sick toschann'n fritt. Abends sett he em dor hen, un morgens sitt de Hahn op 'n Tuun un kreiht. Öber Nacht hett he all de Vagels rutlaten, de hebbt dat Koorn opfreten. Do denkt de Herr: „Ick krieg di doch!"

Un he sparrt den Hahn bi de Peer in. Nu lett de halbe Hahn de Wülf rut, un de freet de Peer op. As de Herr kümmt, do sünd sien Peer opfreten, un de Hahn steiht op de Krüff un kreiht.

Pferde auf. Als der Herr kam, waren seine Pferde aufgefressen, und der halbe Hahn stand auf der Krippe und krähte.
Danach dachte der Herr: „Warte, ich bekomme dich doch!" Er wärmte den Backofen und tat den halben Hahn dort hinein. Da ließ der Hahn den Weiher los. Dadurch wurde das ganze Haus voller Wasser. Da rief der Herr: „Halber Hahn, halte ein, halte ein! Du bekommst dein Geld!"
Bä, danach nahm der Hahn sein Geld und ging heim. Als er dorthin kam, wo der Weiher war, ließ er diesen los, und als er hinkam, wo die Wölfe waren, ließ er diese los, und als er hineinkam, wo die Vögel waren, ließ er diese auch los. Dann ging er wieder nach Hause mit seinem Geld.

Do denkt de Herr: „Tööv, ick krieg di doch!“ He maakt den Backaben warm un sparrt den halben Hahn dor in. Do lett de Hahn den Diek los, so warrt das ganze Huus vull Water. Do röppt de Herr: „Halbe Hahn, holl op, holl op! Du kriggst dien Geld!“
Bä, nu nimmt de Hahn sien Geld un geiht na Huus. As he dorhin kümmt, wo der Diek west is, do lett he em los, un as he dorhin kümmt, wo de Wülf west sünd, do lett he de los, un as he dorhin kümmt, wo de Vagels west sünd, do lett he ok de los. Un denn geiht he wedder na Huus mit sien Geld.

Die Bremer Stadtmusikanten

Es hatte ein Mann einen Esel, der schon lange Jahre die Säcke unverdrossen zur Mühle getragen hatte, dessen Kräfte aber nun zu Ende gingen, so daß er zur Arbeit immer untauglicher wurde. Da dachte der Herr daran, ihn aus dem Futter zu schaffen; aber der Esel merkte, daß kein guter Wind wehte, lief fort und machte sich auf den Weg nach Bremen; dort, meinte er, könnte er ja Stadtmusikant werden. Als er ein Weilchen fortgegangen war, fand er einen Jagdhund auf dem Wege liegen; der jappte wie einer, der sich müde gelaufen hat. „Nun, was jappst du so, Packan?" fragte der Esel.

„Ach", sagte der Hund, „weil ich alt bin und jeden Tag schwächer werde, auch auch auf der Jagd nicht mehr fort kann, hat mich mein Herr wollen totschlagen, da hab' ich Reißaus genommen; aber womit soll ich nun mein Brot verdienen?"

„Weißt du was?" sprach der Esel, „ich gehe nach Bremen und werde dort Stadtmusikant; geh mit und laß dich auch bei der Musik annehmen! Ich spiele die Laute, und du schlägst die Pauken." Der Hund war's zufrieden, und sie gingen weiter.

Es dauerte nicht lange, so saß da eine Katze an dem Weg und machte ein Gesicht wie drei Tage Regenwetter.

„Nun, was ist dir in die Quere gekommen, alter Bartputzer?" sprach der Esel.

„Wer kann da lustig sein, wenn's einem an den Kragen geht!" antwortete die Katze, „weil ich nun zu Jahren komme, meine Zähne stumpf werden und ich lieber hinter dem Ofen sitze und spinne, als nach Mäusen herumjage, hat mich meine Frau ersäufen wollen; ich habe mich zwar noch fortgemacht; aber nun ist guter Rat teuer; wo soll ich hin?"

„Geh mit uns nach Bremen! Du verstehst dich doch auf die Nachtmusik, da kannst du ein Stadtmusikant werden!"

Die Katze hielt das für gut und ging mit.

Darauf kamen die drei Landesflüchtigen an einem Hof vorbei; da saß auf dem Tor der Haushahn und schrie aus Leibeskräften.

De veer Bremer Stadtmuskanten

Do is mal en Mann west, de hett enen Esel hatt, de hett al vele Johren de Säck gedürig na de Möhl bröcht. Nu aber sünd sien Kräft to End, un he döggt nich mehr för de Arbeid. Do will de Herr em afschaffen. Man de Esel markt dat un löppt weg un maakt sick op 'n Weg na Bremen; dor will he Stadtmuskant spelen.

As he 'n Stück Wegs langgahn is, do dröppt he enen Jagdhund, de liggt dor an'n Weg un jappt as en, de sick mööd lopen hett.

„Na, wat jappst du denn, Packan?“ fraagt de Esel.

„Och“, seggt de Hund, „ick bün nu oolt un warr mit jeden Dag öller. Op de Jagd kann ick nich mehr mitkamen. Nu hett de Herr mi doothauen wullt, un do bün ick utknepen. Man, wo sall ick nu mien Broot verdenen?“

„Weeßt wat“, seggt de Esel, „ick gah an Bremen un warr dor Stadtmuskant. Kumm mit un laat di ok bi de Musik annehmen. Ick speel op de Klamp un du haust op de Pauk.“

De Hund is dor mit inverstahn, un de beiden gaht wieder.

Dat duurt nich lang, do sitt dor 'n Katt an 'n Weg un maakt en Gesicht as dree Daag Regenwedder.

„Na, wat is di denn för 'n Luus över de Lebber lopen, ole Boortputzer?“ seggt de Esel.

„Wokeen kann nu lustig sien, wenn't enen an den Kragen geiht“, seggt de Katt. „Ick kaam nu in de Johren, mien Tähnen warrt stump, un ick sitt leben achter 'n Aben un spinn, as dat ick achter de Müüs ranjachter. Nu will de Fro mi afsupen. Ick heff mi ut 'n Stoff maakt, man nu is gode Raat düür; woneem sall ick hin?“

„Kumm mit na Bremen! Du versteihst doch wat vun de Nachtmusik, dor kannst du Stadtmuskant warrn!“

„Dat 's ok wohr“, seggt de Katt un geiht mit.

Nu kaamt de dree an enen Hoff, dor sitt de Hahn baben de Poort un kreiht ut vullen Hals.

„Du schreist einem durch Mark und Bein", sprach der Esel, „was hast du vor?"
„Da hab' ich gut Wetter prophezeit", sprach der Hahn, „weil unserer lieben Frauen Tag ist, wo sie dem Christkindlein die Hemdchen gewaschen hat und sie trocknen will; aber weil morgen zum Sonntag Gäste kommen, so hat die Hausfrau doch kein Erbarmen und hat der Köchin gesagt, sie wollte mich morgen in der Suppe essen, und da soll ich mir heute abend den Kopf abschneiden lassen. Nun schrei' ich aus vollem Hals, solang ich noch kann."
„Ei was, du Rotkopf", sagte der Esel, „zieh lieber mit uns fort; wir gehen nach Bremen; etwas Besseres als den Tod findest du überall. Du hast eine gute Stimme, und wenn wir zusammen musizieren, so muß es eine Art haben."
Der Hahn ließ sich den Vorschlag gefallen, und sie gingen alle viere zusammen fort.
Sie konnten aber die Stadt Bremen in einem Tag nicht erreichen und kamen abends in einen Wald, wo sie übernachten wollten. Der Esel und der Hund legten sich unter einen großen Baum; die Katze und der Hahn machten sich in die Äste; der Hahn aber flog bis in die Spitze, wo es am sichersten für ihn war. Ehe er einschlief, sah er sich noch einmal nach allen vier Winden um.
Da deuchte ihn, er sähe in der Ferne ein Fünkchen brennen, und rief seinen Gesellen zu, es müßte nicht gar weit ein Haus sein; denn es scheine ein Licht. Sprach der Esel: „So müssen wir uns aufmachen und noch hingehen; denn hier ist die Herberge schlecht." Der Hund meinte, ein paar Knochen und etwas Fleisch dran täten ihm auch gut.
Also machten sie sich auf den Weg nach der Gegend, wo das Licht war, und sahen es bald heller schimmern, und es ward immer größer, bis sie vor ein hell erleuchtetes Räuberhaus kamen.
Der Esel, als der größte, näherte sich dem Fenster und schaute hinein.
„Was siehst du, Grauschimmel?" fragte der Hahn.
„Was ich sehe?" antwortete der Esel, „einen gedeckten Tisch mit schönem Essen und Trinken, und Räuber sitzen daran und lassen sich's wohl sein."
„Das wäre was für uns", sprach der Hahn.

„Dien Kreihn geiht mi dörch Mark un Been“, seggt de Esel, „wat hest du vör?“
„Ick heff good Wedder anseggt“, seggt de Hahn, „wegen dat uns Fro Wäsch hett un se nu dröög hebben will. Nu hett sick för morgen to ’n Sünndag Besöök anmeldt, un de Huusfro hett keen Erbarmen mehr mit mi un seggt, se will mi morgen in de Supp kaken; ick sall mi hüüt abend noch den Kopp afhacken laten. Nu kreih ick noch so lang, as ick kann.“
„Och wat, du Rootkopp“, seggt de Esel, „kumm leber mit uns, wi wüllt na Bremen. Wat beters as den Dood findst du allerwegens. Du hest ’n gode Stimm, un wenn wi tosamen Musik maakt, denn hett dat Oort!“
De Hahn is dormit inverstahn, un se gaht all veer tosamen los.
Nu köönt se man in enen Dag nich na Bremen hinkamen un kaamt abends in en Holt, dor wüllt se öbernachten. De Esel un de Hund leggt sick ünner enen groten Boom.
De Katt un de Hahn gaht na baben op ’n Boom, un de Hahn flüggt bit in de Spitz, dor föhlt he sick seker. Ehr dat he inslöppt, kickt he sick noch mal na all de veer Sieden üm.
Do dücht em, in de Feern schemert dat hell, un he röppt sien Gesellen to, dor müß woll nich wiet weg ’n Huus stahn. Dor lücht dat hell. Do seggt de Esel: „Denn maakt wi uns op ’n Weg, hier is de Harbarg man mau!“
De Hund meent, ’n poor Knaken mit ’n beten Fleesch dor an kunnen em gootdoon.
So maakt se sick nu op ’n Weg dorhin, wo dat Licht brennt, un se seht dat bald heller brennen, un dat warrt grötter un grötter, bit dat se vör en hell-lüchten Röverhuus staht.
De Esel, de de gröttste is, de stellt sick an’t Finster un kickt dor rin.
„Wat sühst du dor, oll Grieskopp?“ fraagt de Hahn.
„Wat ick seh?“ antert de Esel, „enen Disch vull mit Eten un Drinken, un de Rövers sitt dor un laat sick dat goot smecken.“
„Dat weer wat för uns“, seggt de Hahn.
„Ja, ja, harrn wi’t man!“ seggt de Esel.
Nu öberleggt se, wo se dat anfangen mööt un de Rövers wegjagen. Toletzt fallt jem wat in: De Esel mutt sick mit de Vörbeen op

„Ja, ja! Ach, wären wir da!" sagte der Esel.

Da ratschlagten die Tiere, wie sie es anfangen müßten, um die Räuber hinauszujagen, und fanden endlich ein Mittel. Der Esel mußte sich mit den Vorderfüßen auf das Fenster stellen, der Hund auf des Esels Rücken springen, die Katze auf den Hund klettern, und endlich flog der Hahn hinauf und setzte sich der Katze auf den Kopf. Wie das geschehen war, fingen sie auf ein Zeichen insgesamt an, ihre Musik zu machen; der Esel schrie, der Hund bellte, die Katze miaute, und der Hahn krähte; dann stürzten sie durch das Fenster in die Stube hinein, daß die Scheiben klirrten. Die Räuber fuhren bei dem entsetzlichen Geschrei in die Höhe, meinten nicht anders, als ein Gespenst käme herein, und flohen in größter Furcht in den Wald hinaus.

Nun setzten sich die vier Gesellen an den Tisch, nahmen mit dem vorlieb, was übriggeblieben war, und aßen, als wenn sie vier Wochen hungern sollten.

Wie die vier Spielleute fertig waren, löschten sie das Licht aus und suchten sich eine Schlafstätte, jeder nach seiner Natur und Bequemlichkeit. Der Esel legte sich auf den Mist, der Hund hinter die Türe, die Katze auf den Herd in die warme Asche, und der Hahn setzte sich auf den Hahnenbalken, und weil sie müde waren von ihrem langen Weg, schliefen sie auch bald ein.

Als Mitternacht vorbei war und die Räuber von weitem sahen, daß kein Licht mehr im Haus brannte, auch alles ruhig schien, sprach der Hauptmann: „Wir hätten uns doch nicht sollen ins Bockshorn jagen lassen", und hieß einen hingehen und das Haus untersuchen.

Der Abgeschickte fand alles still, ging in die Küche, ein Licht anzuzünden, und weil er die glühenden Augen der Katze für lebendige Kohlen ansah, hielt er ein Schwefelhölzchen daran, daß es Feuer fangen sollte. Aber die Katze verstand keinen Spaß, sprang ihm ins Gesicht, spie und kratzte. Da erschrak er gewaltig, lief und wollte zur Hintertüre hinaus; aber der Hund der da lag, sprang auf und biß ihn ins Bein; und als er über den Hof an dem Mist vorbeirannte, gab ihm der Esel noch einen tüchtigen Schlag mit dem Hinterfuß; der Hahn aber, der vom Lärmen aus dem Schlaf geweckt und munter geworden war, rief vom Balken herab: „Kikeriki!"

dat Finstersims stellen, de Hund op sienen Rüch springen, de Katt op den Hund klattern, un de Hahn toletzt ropflegen un sick bi de Katt op 'n Kopp setten. As dat ferdig is, do fangt de veer an un maakt ehr Musik: de Esel schriggt, de Hund bellt, de Katt maut, un de Hahn kreiht; un denn smiet se sick dörch de Finstern na de Stuuv rin, dat de Schieben man so klötert. De Rövers fangt an to bölken un springt op. Se glöövt, dor kümmt de Deuster an, un se loopt Hals över Kopp rut ut 'n Huus un versteekt sick in't Holt.

Nu sett sick de veer Gesellen an 'n Disch, langt düchdig to un vertehrt, wat dor steiht, so, as wenn se nu veer Weken hungern sullen.

As de veer Speellüüd ferdig sünd, do puust se dat Licht ut, söökt sick jeder 'n Slaapstell un maakt sick dat bequem: De Esel leggt sick op 'n Meß, de Hund achter de Döör, de Katt op 'n Heerd bi de warme Asch, un de Hahn flüggt baben op 'n Hahnenbalken, un wieldeß se mööd sünd, slaapt se ok bald to.

As Middernacht vörbi is un de Rövers seht, dat dor in't Huus keen Licht mehr brennt, ok allens still is, do seggt de Hauptmakker: „Harrn wi uns doch blot nich in't Bockshoorn jagen laten!" un he schickt enen hin, de sall dat Huus ünnersöken.

De findt ok allens still, geiht in de Köök, will Licht maken un süht dor de glönigen Ogen vun de Katt. He denkt, dat sünd glönige Kahlen un höllt 'n Rietsticken dor an. Man de Katt versteiht kenen Spaaß. Se springt em op 'n Kopp un kleit em in't Gesicht. He verfehrt sick mächtig, löppt weg un will ut de Achterdöör rut. Dor liggt de Hund. De springt op un bitt em in't Been. As he nu över 'n Hoff un an 'n Meßhupen vörbirennt, do gifft em de Esel noch 'n düchdigen Pedd mit 'n Achterfoot. De Hahn, de vun den Larm ut 'n Slaap kümmt un munter warrt, de röppt vun 'n Balken dal: „Kiekeriki!"

Do löppt de Röver, allens wat he kann, na sien Mackers trüch un seggt: „In dat Huus, dor sitt 'n grulich Hex, de hett mi anpuust un hett mi mit ehr langen Fingern in't Gesicht kleit; un vör de Döör, dor steiht 'n Mann mit 'n Metz in de Hand, de hett mi in't Been steken; un op 'n Hoff, dor liggt en swart Undeert, dat hett mi mit 'n Knüppel enen langt; un baben op't Dack, dor sitt de Richter, de

Da lief der Räuber, was er konnte, zu seinem Hauptmann zurück und sprach: „Ach, in dem Haus sitzt eine greuliche Hexe, die hat mich angehaucht und mit ihren langen Fingern mir das Gesicht zerkratzt; und vor der Türe steht ein Mann mit einem Messer, der hat mich ins Bein gestochen; und auf dem Hofe liegt ein schwarzes Ungetüm, das hat mit einer Holzkeule auf mich losgeschlagen; und oben auf dem Dache, da sitzt der Richter, der rief: ‚Bringt mir den Schelm her!' Da machte ich, daß ich fortkam."
Von nun an getrauten sich die Räuber nicht weiter in das Haus; den vier Bremer Musikanten gefiel's aber so wohl darin, daß sie nicht wieder heraus wollten. Und der das zuletzt erzählt hat, dem ist der Mund noch warm.

röppt: Bring mi den Schelm mal her! Do heff ick tosehn, dat ick wegkeem!“
Vun nu an waagt sick de Rövers nich mehr in dat Huus rin. De veer Bremer Muskanten aber gefallt dat dor so goot, dat se gor nich wedder weg wöllt. Un de dat toletzt vertellt hett, den is de Mund dorvun noch warm.

Rumpelstilzchen

Es war einmal ein Müller, der war arm, aber er hatte eine schöne Tochter. Nun traf es sich, daß er mit dem König zu sprechen kam, und um sich ein Ansehen zu geben, sagte er zu ihm: „Ich habe eine Tochter, die kann Stroh zu Gold spinnen." Der König sprach zum Müller: „Das ist eine Kunst, die mir wohl gefällt! Wenn deine Tochter so geschickt ist, wie du sagst, so bring sie morgen in mein Schloß, da will ich sie auf die Probe stellen." Als nun das Mädchen zu ihm gebracht ward, führte er es in eine Kammer, die ganz voll Stroh lag, gab ihr Rad und Haspel und sprach: „Jetzt mache dich an die Arbeit, und wenn du diese Nacht durch bis morgen früh dieses Stroh nicht zu Gold versponnen hast, so mußt du sterben." Darauf schloß er die Kammer selbst zu, und sie blieb allein darin.

Da saß nun die arme Müllerstochter und wußte um ihr Leben keinen Rat: Sie verstand gar nichts davon, wie man Stroh zu Gold spinnen konnte, und ihre Angst ward immer größer, daß sie endlich zu weinen anfing. Da ging auf einmal die Türe auf, und trat ein kleines Männchen herein und sprach: „Guten Abend, Jungfer Müllerin, warum weint Sie so sehr?" - „Ach", antwortete das Mädchen, „ich soll Stroh zu Gold spinnen und verstehe das nicht." Sprach das Männchen: „Was gibst du mir, wenn ich dir's spinne?" - „Mein Halsband", sagte das Mädchen. Das Männchen nahm das Halsband, setzte sich vor das Rädchen, und schnurr, schnurr, schnurr, dreimal gezogen, war die Spule voll. Dann steckte es eine andere auf, und schnurr, schnurr, schnurr, dreimal gezogen, war auch die zweite voll: Und so ging's fort bis zum Morgen, da war alles Stroh versponnen, und alle Spulen waren voll Gold. Bei Sonnenaufgang kam schon der König, und als er das Gold erblickte, erstaunte er und freute sich, aber sein Herz war nur noch goldgieriger.

Er ließ die Müllerstochter in eine andere Kammer voll Stroh bringen, die noch viel größer war, und befahl ihr, das auch in einer Nacht zu spinnen, wenn ihr das Leben lieb wäre. Das Mädchen wußte sich nicht zu helfen und weinte; da ging abermals die Türe auf, und das

Rummelstummel

Do is mal 'n Möller west, de is man arm west, aber he hett 'n schöne Dochter hatt.

Nu dröppt he mal mit den König tosamen, un he will sick en Ansehn geben und will wat gellen, un he seggt: „Ick heff en Dochter, de kann ut Stroh Gold spinnen." – De König meent, dat kunn em gefallen. „Wenn dien Dochter dat kann, denn bring se man morgen op mien Sloß, denn will ick ehr op de Proov stellen", seggt he to den Möller.

As nu annern Dag de Deern hinbröcht warrt, do sett he ehr in en Kamer, de is bit baben hin vull Stroh. He gifft ehr Spinnrad un Haspel un seggt: „Nu gah an dien Arbeid, un wenn du de Nacht öber bit morgen fröh dat Stroh nich to Gold spunnen hest, denn mußt du starben." He slütt de Kamer sülbst vun buten af, un se blifft alleen.

Dor sitt se nu, de arme Möllersdochter, un se weet sick för ehr Leben kenen Raat. Se versteiht nix dorvun, kann gor keen Stroh to Gold spinnen, un ehr Angst warrt ümmer grötter, un se fangt an to wenen. Do geiht mit eenmal de Döör op, en lierlütten Kerl kümmt rin un seggt:

„Go'nabend, jung Deern, worüm weenst denn so?" – „Och", seggt de Deern, „ick sall Stroh to Gold spinnen, un ick verstah doch nix dorvun." – Do seggt de Lütte: „Wat giffst du mi, wenn ick di dat spinn?" – „Mien Halsband", seggt dat Mäken.

De lütte Kerl nimmt dat Halsband, sett sick vör dat Spinnrad, un snurr, snurr, snurr, dreemal trocken, un de Spool is vull. Denn stickt he en anner op, un snurr, snurr, snurr, man dreemal trokken, un de tweete is vull, un so geiht dat bit an 'n annern Morgen, do is all dat Stroh spunnen, un all de Spolen sünd vull Gold.

As de Sünn opgeiht, do kümmt de König al an, un as he dat Gold süht, do gaht em de Ogen öber, un sien Hart warrt noch gieriger. He sett de Möllersdochter in en anner Kamer vull Stroh, de is

kleine Männchen erschien und sprach: „Was gibst du mir, wenn ich dir das Stroh zu Gold spinne?" – „Meinen Ring von dem Finger", antwortete das Mädchen. Das Männchen nahm den Ring, fing wieder an zu schnurren mit dem Rade und hatte bis zum Morgen alles Stroh zu glänzendem Gold gesponnen. Der König freute sich über die Maßen bei dem Anblick, war aber noch immer nicht Goldes satt, sondern ließ die Müllerstochter in eine noch größere Kammer voll Stroh bringen und sprach: „Die mußt du noch in dieser Nacht verspinnen: Gelingt dir's aber, so sollst du meine Gemahlin werden." Wenn's auch eine Müllerstochter ist, dachte er, eine reichere Frau finde ich in der ganzen Welt nicht. – Als das arme Mädchen allein war, kam das Männlein zum drittenmal wieder und sprach: „Was gibst du mir, wenn ich dir noch diesmal das Stroh spinne?" – „Ich habe nichts mehr, das ich dir geben könnte", antwortete das Mädchen. „So versprich mir, wenn du Königin wirst, dein erstes Kind." „Wer weiß, wie das noch geht", dachte die Müllerstochter und wußte sich auch in der Not nicht anders zu helfen; sie versprach also dem Männchen, was es verlangte, und das Männchen spann dafür noch einmal das Stroh zu Gold. Und als am Morgen der König kam und alles fand, wie er gewünscht hatte, so hielt er Hochzeit mit ihr, und die schöne Müllerstochter ward eine Königin.
Über ein Jahr brachte sie ein schönes Kind zur Welt und dachte gar nicht mehr an das Männchen: Da trat es plötzlich in ihre Kammer und sprach: „Nun gib mir, was du versprochen hast." Die Königin erschrak und bot dem Männchen alle Reichtümer des Königreiches an, wenn es ihr das Kind lassen wollte, aber das Männchen sprach: „Nein, etwas Lebendes ist mir lieber als alle Schätze der Welt." Da fing die Königin an zu jammern und zu weinen, daß das Männchen Mitleiden mit ihr hatte: „Drei Tage will ich dir Zeit lassen", sprach es, „wenn du bis dahin meinen Namen weißt, so sollst du dein Kind behalten."
Nun besann sich die Königin die ganze Nacht über auf alle Namen, die sie jemals gehört hatte, und schickte einen Boten über Land, der sollte sich erkundigen weit und breit, was es sonst noch für Namen gäbe. Als am andern Tag das Männchen kam, fing sie an mit Kaspar, Melchior, Balzer und sagte alle Namen, die sie wußte, nach der Reihe her, aber bei jedem sprach das Männlein: „So heiß' ich nicht." Den

noch grötter, un he droht ehr un seggt, se sall dat ok in een Nacht spinnen, wenn ehr dat Leben leef is.
De Deern weet sick nich to helpen un weent, un do geiht wedder de Döör op, un de lütte Kerl is wedder dor, un he seggt: „Wat giffst du mi, wenn ick di dat Stroh to Gold spinn?" – „Mienen Fingerring", seggt dat Mäken. De Kerl nimmt den Ring, fangt wedder mit dat Rad an to snurren un hett bit to 'n Morgen all dat Stroh to Gold spunnen.
De König höögt sick öber de Maten, as he dat wies warrt, aber he is ümmer noch nich satt; he lett de Möllersdochter in en noch gröttere Kamer bringen und seggt: „Du mußt disse Nacht ok dit noch verspinnen. Wenn du dat kannst, denn sallst du mien Fro warrn." – Wenn 't ok man en Möllersdochter is, denkt he, en riekere Fro finnst du in de ganze Welt nich.
As de Deern nu alleen is, do kümmt de lütte Kerl to 'n drütten Maal un seggt: „Wat giffst du mi, wenn ick di noch eenmal dat Stroh spinnen do!" – „Ick heff nix mehr, wat ick di geben kann", seggt dat Mäken. – „Denn verspreek mi, wenn du Königin warrst, dat eerste Kind."
Keen weet, wo dat noch warrt, denkt de Möllersdochter, un se weet sick ok in de Noot nich anners to helpen. Se versprickt den Lütten, wat he verlangt, und de Kerl spinnt dorför noch eenmal dat Stroh to Gold. As morgens de König kümmt und allens so findt, as he sick dat dacht hett, do maakt he Hochtiet mit ehr, und de schöne Möllersdochter warrt nu Königin.
Öber 't Johr kriggt se ehr Kind un denkt gor nich mehr an den lütten Kerl. Do steiht he miteens bi ehr in de Kamer un seggt: „Nu geev mi, wat du mi verspraken hest." De Königin verfehrt sick un büdd den Kerl all den Riekdoom vun dat ganze Königriek, wenn he ehr dat Kind laten will. Aber de Lütte seggt: „Nee, wat Lebenniges is mi leber as allens in de Welt." Do fangt de Königin an to jammern un to wenen, dat de Lütte Mitleed mit ehr kriggt: „Dree Daag will ick di Tiet laten", seggt he, „wenn du denn mienen Naam weetst, denn sallst du dien Kind beholen."
Nu besinnt sick de Königin de ganze Nacht öber op all de Naams, de se mal höört hett, un se schickt noch enen Bedeensten öber Land, de sall sick ümhören, wat dat sünst noch för Naams gifft.

zweiten Tag ließ sie in der Nachbarschaft herumfragen, wie die Leute da genannt würden, und sagte dem Männlein die ungewöhnlichsten und seltsamsten Namen vor: „Heißt du vielleicht Rippenbiest oder Hammelswade oder Schnürbein?“ Aber es antwortete immer: „So heiß' ich nicht.“ Den dritten Tag kam der Bote wieder zurück und erzählte: „Neue Namen habe ich keinen einzigen finden können, aber wie ich an einen hohen Berg um die Waldecke kam, wo Fuchs und Has' sich gute Nacht sagen, so sah ich da ein kleines Haus, und vor dem Haus brannte ein Feuer, und um das Feuer sprang ein gar zu lächerliches Männchen, hüpfte auf einem Bein und schrie:

‚Heute back' ich, morgen brau' ich,
übermorgen hol' ich der Königin ihr Kind;
ach, wie gut ist, daß niemand weiß,
daß ich Rumpelstilzchen heiß!'“

Da könnt ihr denken, wie die Königin froh war, als sie den Namen hörte, und als bald hernach das Männlein hereintrat und fragte: „Nun, Frau Königin, wie heiß' ich?“ fragte sie erst: „Heißest du Kunz?“ - „Nein.“ - Heißest du Heinz?“ - „Nein.“

„Heißt du etwa Rumpelstilzchen?“

„Das hat dir der Teufel gesagt, das hat dir der Teufel gesagt“, schrie das Männlein und stieß mit dem rechten Fuß vor Zorn so tief in die Erde, daß es bis an den Leib hineinfuhr: Dann packte es in seiner Wut den linken Fuß mit beiden Händen und riß sich selbst mitten entzwei.

As den annern Dag de Lütte kümmt, do fangt se an mit Kasper, Melcher un Balzer, un seggt de Reeg na allens her, wat se weet, aber bi jeden Naam seggt de Lütte: „So heet ick nich!"
Den tweten Dag lett se in de Naberschop nafragen, wo de Lüüd dor heet, un se seggt den Lütten de ungewöhnlichsten Naams vör: „Heetst du villicht Ribbenbeest, heetst du Hammelbeen, oder heetst du Snöörstebel?" He aber antwoordt ümmer: „Nee, so heet ick nich!"
Den drütten Dag kümmt de Bedeenste wedder trüch un vertellt: „Nee Naams heff ick kenen eenzigen funnen. Aber as ick an en'n hogen Barg üm de Eck kiek, dor, wo Voß un Haas sick Go'nacht seggt, do seh ick dor en lüttes Huus, un vör dat Huus, dor brennt en Füür, un üm dat Füür, dor springt en lütten Wicht, de hüppt vun een Been op 't anner un röppt:

„Hüüt do back ick, morgen bro ick,
öbermorgen haal ick de Königin ehr Kind;
is man goot, wat keeneen weet,
wat ick Rummelstummel heet!"

Nu kannst di denken, wat de Königin sick höögt, as se den Naam höört. As nu gliek dorna de Lütte rinkümmt un fraagt: „Na, Fro Königin, wo heet ick?" do seggt se eerst: „Heetst du Hinz?" – „Nee." – „Heetst du Kunz?" – „Nee!" – „Heetst du villicht Rummel-Stummel?" – „Dat hett di de Dübel vertellt, dat hett di de Dübel vertellt!" schreet de Kerl, un he pedd mit sien rechten Foot so deep in de Eer rin, dat he bit öber 't Knee insackt, un denn faat he in sien Woot den linken Foot mit beiden Hannen an un ritt sick sülbst midden utenanner.

Der graue Zwerg

Ein Junge lebte mit seiner Mutter in einer kleinen armseligen Hütte. Die Mutter ging morgens aus dem Haus und kam spät am Abend wieder heim; tagsüber arbeitete sie, um Geld zu verdienen, damit sie und der Junge zu essen hatten.
Hinter der Hütte war ein kleiner Garten, darin wuchsen zwei Bäumchen, die trugen in jedem Jahr Blüten und Früchte.
Nun wohnte aber unter der Erde ein häßlicher Zwerg, der hatte keinen Garten und kein Bäumchen, das wuchs und blühte und Früchte trug. Der grub so lange unter der Erde die Wurzeln der Bäume ab, bis sie anfingen zu welken und schließlich nicht mehr blühten und nicht mehr grünten.
Eines Tages nun, als die Mutter wieder aus dem Hause war und der Junge allein in der Stube saß, kam der Zwerg herauf von unten, trat in die Stube und fing an zu reden. Der Junge fürchtete sich vor dem häßlichen Wicht, denn er war bucklig, grau wie Asche, wütete in der Stube herum und warf alles durcheinander. Als die Mutter abends heimkam, verschwand er wieder. Die Mutter aber schalt den Jungen, denn sie dachte, er habe alles durcheinandergeworfen.
Am nächsten Tag kam der Zwerg wieder, schrie und wütete noch mehr und fing nun auch noch an, die Stube voll Sand zu schütten. Da mußte der Junge Sand schaufeln, aber der Zwerg warf immer mehr hinein, so daß der Sand kein Ende nahm. Auch den Garten mit den Bäumchen schüttete er zu. Nun mußte der Junge Tag für Tag Sand schaufeln. Dabei weinte er; denn es half ihm niemand. In seiner Not wußte er keinen Rat, und eines Tages lief er fort in den Wald; ein Reis aber von seinem Bäumchen, das im Garten unter all dem Sand stand, den der graue Zwerg aufgehäuft hatte, brach er ab und nahm es mit auf die Reise.
So ging er sieben Tage, bis er an einen Berg kam. Den stieg er hinauf. Oben wohnte die Sonne. Er sprach: „Ach, Sonne, kannst du mir helfen? Zu Hause schüttet mir ein böser Zwerg alles mit Sand zu, unsere Stube und auch mein Bäumchen im Garten. Ich hab's nicht

De Griese

Do is mal 'n Jung west, de leevt mit sien Mudder tosamen in en lütt armselige Hütt. De Mudder hett veel vun em holen; se mutt aber jeden Morgen ut 'n Huus un kümmt eerst abends wedder in; över Dag mutt se arbeiden un Geld verdenen, dat se wat to leben hebbt.
Achter de Hütt is en lütten Goorn. Dor in waßt twee lütte Bööm, de blöht un dreegt jedes Johr.
Nu wahnt ünner de Eer en lütten griesen Dwarg, de hett kenen Goorn un kenen Boom. De graavt so lang de Wöddeln vun de beiden lütten Bööm af, bit se anfangt un dröög warrt und toletzt nich mehr blöhen un nich mehr grönen wüllt.
Enen Dag, as de Mudder wedder ut'n Huus is un de Jung alleen in de Stuuv sitt, do kümmt de lütte Griese vun ünnen rop un fangt an to snacken. De Jung is bang vör den Dwarg, de hett enen Pukkel un is gries as de Asch. He raast in de Stuuv rüm un smitt allens dörchenanner. As de Mudder abends na Huus kümmt, is he wedder verswunnen. De Mudder aber schimpt mit ehren Jung; se denkt, he hett allens dörchenanner smeten.
Den nächsten Dag kümmt de Griese wedder. He schreet un toovt noch mehr un fangt nu noch an un schüddt de Stuuv vull Sand. Nu mutt de Jung Sand schüffeln, aber de Dwarg smitt ümmer mehr rin, dat nimmt gor keen End. Un ok den Goorn un de Bööm dor in schüddt he to mit Sand.
Nu mutt de Jung Dag för Dag Sand schüffeln, un he weent dorbi, un keeneen helpt em.
Do weet he sick in de Noot kenen Raat. He brickt enen Twieg vun sienen lütten Boom af, de dor in den Goorn nu ganz verschüddt liggt, un nimmt em mit op de Reis, un löppt weg, rin na't Holt.
So geiht he söben Daag, bit he an enen Barg kümmt. Dor stiggt he rop. Baben wahnt de Sünn. He seggt to de Sünn: „Sünn, kannst du mi nich helpen? To Huus schüddt mi de Griese allens

ausgehalten und bin weggelaufen." Die Sonne antwortete: „Nein, da kann ich dir nicht helfen. Ich kann nicht herabsteigen. Aber ich will dir einen Rat geben: Geh sieben Tage weiter durch den Wald. In der siebten Nacht wirst du an ein Tal kommen, dort wohnt der Mond. Der wird dir helfen. Ich will dir aber ein Schwert mitgeben, das brauche, wenn du in Not kommst." - Der Junge bedankte sich und ging, wie ihm die Sonne geraten hatte.

In der siebten Nacht kam er an das Tal, wo der Mond wohnte. Als er aber hinabsteigen wollte, stand der Zwerg plötzlich vor ihm. Der schüttete einen Sandberg vor ihm auf, so daß er den Mond wohl sah, aber nicht zu ihm konnte. Da rief er: „Ach, lieber Mond, kannst du mir nicht helfen? Bei meiner Mutter zu Hause hat dieser böse Zwerg schon alles verschüttet; da bin ich fortgelaufen. Nun ist er auch hier und läßt mich nicht zu dir." Der Mond aber sprach: „Über diesen Zwerg habe ich keine Macht. Geh weiter zu den Sternen, die werden dir helfen. Damit du aber etwas zu essen hast, nimm dieses Brot mit auf den Weg." - Der Junge bedankte sich und ging weiter durch den Wald.

Nach sieben Tagen kam er zu den Sternen. Da sprach er: „Ach, ihr Sterne, könnt ihr mir nicht helfen? Ein böser Zwerg hat mir meiner Mutter Stube und mein Bäumchen mit Sand verschüttet. Bei der Sonne war ich schon, die konnte nicht herab; beim Mond war ich, der hat keine Macht über den Zwerg." Da sprachen die Sterne: „Wenn du weitergehst, so kommst du an eine Hütte. Darin sitzt eine verwunschene Prinzessin. Vor der Tür liegt ein Löwe, mit dem mußt du kämpfen. Töte ihn aber nicht, schreite vielmehr mutig daran vorbei. Hüte dich aber, die Lilie abzubrechen, die im Garten vor der Hütte blüht; denn wenn du sie brichst, wird der Löwe dich erneut anspringen, und du wirst die Prinzessin nicht erlösen. In der Hütte findest du einen Krug mit Wasser. Wenn du nun hineinkommst, so nimm von diesem Wasser, geh hinaus in den Garten, pflanze das Reis, das du von deinem Bäumchen genommen hast, und gieße es täglich mit dem Wasser aus dem Krug. Das Reis wird wachsen. Aber dreimal wirst du noch eine Gefahr bestehen müssen, bis du und deine Prinzessin erlöst seid." - Der Junge bedankte sich und ging.

mit Sand to, uns Stuuv un ok mienen Boom in den Goorn. Ick hool dat nich mehr ut!"

De Sünn seggt: „Ick kann di nich helpen, ick kann hier nich rafstiegen. Aber ick will di enen Raat geben: Gah noch söben Daag wieder dörch't Holt. In de letzte Nacht kümmst du in en Kuul, dor wahnt de Maand. De kann di woll helpen. – Ick will di noch enen Säbel mitgeben, den kannst du bruken, wenn du in Noot büst."

De Jung seggt Dank, nimmt den Säbel un geiht wieder, as em de Sünn seggt hett.

In de söövte Nacht kümmt he an de Kuul, wo de Maand wahnt. As he dor dalstiegen will, steiht de Griese mit enmal vör em und schüddt enen Sandbarg vör em op, so dat de Jung den Maand woll sehn kann, man nich na em hinkamen.

Do röppt he: „Lebe Maand, kannst du mi nich helpen? Bi mien Mudder to Huus hett disse Griese allens toschüddt. Do bün ick weglopen. Nu is he ok hier un lett mi nich na di ran!"

De Maand aber seggt: „Öber den Griesen heff ick keen Gewalt. Gah wieder na de Steerns, de köönt di helpen. Ick geev di en Broot mit op'n Weg, dat du wat to eten hest." – De Jung seggt Dank un geiht denn je wieder dörch't Holt.

Na söben Daag kümmt he na de Steerns. Dor seggt he: „Ji leben Steerns, köönt ji mi nich helpen? De Griese hett mien Mudder ehr Stuuv un mienen Boom mit Sand toschüddt. Bi de Sünn weer ick al, de kann nich rafkamen. Bi den Maand bün ick ok west, de hett keen Gewalt öber den Griesen."

Do seggt de Steerns: „Wenn du wiedergeihst, denn kümmst du an en Hütt. Dor in sitt en verwünschte Prinzessin. Vör de Döör liggt en Lööw, mit den muttst du dat opnehmen. Maak em aber nich doot! Veelmehr gah stracks an em vörbi, wenn he mööd worrn is! – In den Goorn vör de Hütt blöht en Lill. Wohr di aber un breek de nich af! Wenn du ehr afbrickst, denn kümmt de Lööw nochmal wedder op di los, un denn kannst du de Prinzessin nich erlösen! – In de Hütt findst du en Kruuk vull Water. Wenn du nu rinkümmst, denn nehm vun dit Water, gah na buten in den Goorn, plant dienen Twieg in, den du vun dienen Boom mitbröcht hest, un geet em jeden Dag mit dat Water ut de Kruuk. De

Bald kam er auch an die Hütte. Der Löwe sprang auf, wie ihm die Sterne gesagt hatten. Der Junge kämpfte mit ihm, und als der Löwe ermattet war, schritt er mutig daran vorbei. Er sah im Garten die Lilie und trat in die Hütte. Dort nahm er den Krug, pflanzte sein Reis im Garten und goß es mit dem Wasser. Da sprang eine graue Katze heran, die fauchte und wollte ihm das Gesicht zerkratzen. Er zog sein Schwert, da verschwand die Katze. - Dann legte er sich vor der Tür der Hütte schlafen.
Am nächsten Tag, als er sein Reis gießen wollte, sprang wieder die graue Katze heran, fauchte, funkelte mit den Augen, sprang ihm auf den Kopf und wollte ihm die Augen auskratzen. Als er aber sein Schwert zog, verschwand sie wie am Vortage. Wieder legte er sich vor die Tür und schlief bis zum anderen Morgen.
Am dritten Tag, als er sein Bäumchen goß, sprang die Katze wieder hervor. Sie war jetzt schwarz, hatte glühende Augen und war auch wilder als am Vortage. Als er sein Schwert zog, sprang sie aber nicht davon, sondern war mit einem Satz auf seinem Kopf. Sie hätte ihm sicherlich die Augen ausgekratzt, wenn nicht der Löwe hinzugesprungen wäre. Der packte die Katze. Da war es auf einmal der graue Zwerg, der sich in die Katze verwandelt hatte. Der Löwe tötete ihn und legte sich dann dem Jungen zu Füßen.
Der Junge ging hinein in die Hütte. Da sprach die Prinzessin: „Du hast mich erlöst und sollst nun König sein." Da war die Hütte ein Schloß, das bewohnten sie beide. Das Reis im Garten war zu einem schönen Baum geworden, den der König jeden Morgen mit dem Wasser aus dem Krug begoß. Seine Mutter aber nahm er zu sich, und sie lebten glücklich und zufrieden.

Twieg warrt wassen. – Man dreemal kümmst du noch in Noot, bit du un de Königsdochter endlich free sünd.“

De Jung seggt Dank un geiht weg. Dat duurt nich lang, do kümmt he an de Hütt. De Lööw springt op, so as de Steerns dat seggt hebbt. De Jung tagelt sick mit em. As den Lööw sien Kraft nalett, do geiht de Jung free bi em lang. He süht den Goorn un de Lill dor in un geiht rin na de Hütt. Dor nimmt he de Kruuk. He plant sienen Twieg in den Goorn in un gütt em mit Water.

Do springt mit enmal en griese Katt op em dal; de pruußt un will em in’t Gesicht kleien. He nimmt sienen Säbel – do neiht de Katt ut. De Jung leggt sick vör de Hütt to ’n Slapen.

Den annern Dag, as he sienen Twieg begeten will, do springt wedder de griese Katt op. Se pruußt, funkelt mit de Ogen, springt op em los un will em de Ogen utkleien. As he sienen Säbel treckt, do is se wedder weg. Wedder leggt he sick vör de Döör un slöppt bit an’n annern Morgen.

Den drütten Dag, as he sienen lütten Boom begeten will, do springt de Katt wedder op em los. Se is nu ganz swatt, hett glönige Ogen un is noch willer as den Dag dorvör. As he sienen Säbel nimmt, do springt se nich weg, veelmehr mit enen Satz em op’n Kopp. – Se harr em de Ogen utkleit, wenn nich de Lööw tosprungen weer. De packt de Katt in’t Genick. Do warrt ut de Katt mit enmal de griese Kerl, de sick in de Katt verwannelt hett. De Lööw bitt em doot un leggt sick bi den Jung vör de Fööt.

De Jung geiht nu rin na de Hütt. Do seggt de Königsdochter: „Du hest mi erlööst un sallst nu König sien!“

De Hütt is nu en Sloß, dor wahnt se nu tosamen in.

Ut den Twieg in den Goorn is en groten Boom worrn, den de König jeden Morgen mit Water ut de Kruuk begeten deit.

Sien Mudder aber hebbt se bi sick opnahmen, un se leevt dor all tosamen glücklich un tofreden.

Die drei Brüder und die Hexe

Es war ein König, der hatte drei Söhne. Er hatte sie sehr lieb und hätte gern gesehen, daß etwas Rechtes aus ihnen geworden wäre. Die drei Brüder gingen täglich aus ihres Vaters Schloß auf die Straße, um dort zu spielen. Einmal war dort ein Mädchen, das holte etwas aus seiner Tasche hervor und sagte: „Soll ich euch etwas zeigen?" Sie hatte eine kleine, häßliche Eidechse. „Faßt sie einmal an", sagte sie. Da schlich sich der Jüngste beiseite; denn das Tier war ihm widerlich. Der Zweite blieb und sah sich das kleine, häßliche Tier an. Der Älteste aber berührte das Tier, und als er dessen glatte Haut an seiner Hand spürte, wurde ihm plötzlich ganz eigenartig zumute. Er fühlte, wie er im Augenblick große Ohren und eine lange Nase bekam. Da schämte er sich und lief davon. Nach einer Zeit aber waren die großen Ohren und die lange Nase wieder verschwunden.
Als die drei Brüder am andern Tag wieder auf der Straße spielten, kam das Mädchen wie am Vortage und sagte: „Wollt ihr mein Tierchen sehen?" – Der Jüngste wandte sich ab. Die beiden anderen aber traten herzu. Zu dem Ältesten sagte sie: „Faß doch an!" Er tat es aber nicht, weil er fürchtete, er müsse sich wieder vor seinem Bruder schämen. Das Mädchen sagte zu ihm: „Komm du mit mir, ich will dir etwas sagen." Da ging er mit.
Das Mädchen hielt ihm wieder die kleine Eidechse hin, und er berührte das Tier. Wieder bekam er eine lange Nase und große Ohren. Das Mädchen sah ihn an und lachte. Dann sagte sie: „Soll ich dir zeigen, woher ich das Tier habe?" – „Ja", sagte er. – „Ich weiß einen Brunnen, daraus kann man das Tier heraufholen. Willst du ihn sehen?" – Da ging er mit.
Sie kamen an einenm Brunnen. Das Mädchen entfernte den Deckel, hob ein Tier herauf und gab es dem Jungen in die Hand. Als er's hielt, wurde das Tier immer wilder. Plötzlich war es ein Drache, der verschlang den Jungen und fuhr dann hinab in den Brunnen. Dort spie er ihn wieder aus. Hier stand er nun zwischen Ratten, Mäusen, Schlangen und Eidechsen. Um ihn herum war es dunkel, das Unge-

Dree Bröder un de Hex

Do is mal 'n König west, de hett dree Söhns hatt. He harr geern sehn, dat se dat to wat bringt.
De dree gaht nu jeden Dag rut ut dat Königssloß un speelt op de Straat.
Enen Dag, as de dree op de Straat kaamt, is dor en Deern. De haalt wat ut ehr Tasch un seggt: „Sall ick juuch wat wiesen?"
Do hett se 'n lütten swatten Eerdlöper op de Hand.
„Faat em mal an", seggt se.
Do stellt sick de Jüngst bisiet; dat Deert is em towedder.
De Twete blifft stahn un kickt sick dat an.
De Öllst aber faat em an.
As he de glatte kole Huut an sien Hand föhlt, do warrt em mit 'n Mal ganz gediegen tomoot. He föhlt, dat he in 'n Ogenblick ganz grote Ohren un en lange Nääs kriggt. Do schaamt he sick un löppt weg. Na 'n Tiet aber sünd de groten Ohren un de lange Nääs wedder weg.
As de dree Bröder den annern Dag op de Straat speelt, kümmt de Deern wedder un seggt: „Wüllt ji dat Deert sehn?"
Do dreiht sick de Jüngst üm.
De beiden annern aber kaamt ran na ehr.
To den Öllsten seggt se: „Faat em doch an!" – He deit dat aber nich. He will sick nich wedder vör sienen Broder schamen. Do seggt de Deern: „Kumm du mit mi, ick will di wat seggen!" He geiht mit, un de Deern höllt em wedder den lütten Eerdlöper hin, un he faat em an. Wedder kriggt he 'n lange Nääs un grote Ohren. De Deern kickt em an un lacht. Denn seggt se: „Sall ick di seggen, wo ick dat Deert her heff?" –„Ja", seggt de Jung. – „Ick weet enen Soot, dorut kannst dit Deert rophalen. Wullt em sehn?" – Do geiht he mit ehr mit.
Se kaamt an enen Soot. De Deern maakt den Deckel op, böört so 'n Deert hooch un gifft em dat op de Hand. Do warrt dat to 'n Undeert, so 'n Oort Draken, de sluukt den Jung över un stört

ziefer umwimmelte ihn, und ein übler Geruch stieg vom Grunde auf. Als er nach seiner Nase faßte, da war sie wieder ganz lang und blieb auch so. Das Mädchen aber war bei dem Brunnen zu Hause und war dort eine Hexe.

Im Schloß war große Trauer, als der Älteste nicht wieder heimkam. Der Vater weinte Tag und Nacht, denn er hatte gehofft, der Älteste würde einmal das Reich bekommen. Nun mußte einer von den jüngeren der Erbe des Reiches werden. Da der Vater aber nicht wußte, wem er das Reich vererben sollte, schickte er sie eines Tages fort und sagte: „Zieht nun hinaus in die Welt, und wer mir die schönsten Edelsteine bringt, der soll das Reich haben und die Krone tragen." Sie zogen nun hinaus und kamen bald an den Brunnen, in dem ihr Bruder saß. Sie wußten aber nicht, daß er darinnen war. Die Hexe saß wieder als Mädchen verkleidet davor, und als sie die beiden daherreiten sah, trachtete sie danach, wieder einen hinabzuziehen. Sie zeigte ihnen diesmal eine schöne grüne Schlange und sagte: „Seht einmal das schöne Tier, wollt ihr es nicht geschenkt?" Da blieb der Zweite stehen, um zu gucken. Der Jüngste aber ritt ein Stück Weges weiter, weil er dort rote und weiße Rosen sah, die er begehrte. Da fing das Mädchen wieder an zu sprechen und sagte zu dem Zweiten, der sich den Brunnen mit dem schlängelnden Getier ansah: „Sei so gut und halte du einen Augenblick das Tier, bis ich wiederkomme." Der Junge aber war argwöhnisch und kehrte ihr den Rükken. Da sah sie, daß sie ihn nicht für sich erlangen konnte. Weil sie aber böse war, verwünschte sie ihn insgeheim: Er sollte jeden Tag an den Brunnen denken müssen, und das wimmelnde Getier sollte jeden Tag ihm vor Augen stehen, so daß er nicht mehr zur Ruhe käme. Den Jüngsten hätte sie auch gern verwünscht; aber weil er nicht in ihrer Nähe war, sondern den Blumen ein Stück nachgeritten, erreichte ihr böser Wunsch ihn nicht mehr.

Die Blumen, die er angeschaut hatte, waren so wunderschön, daß er sie gern gepflückt hätte. Aber als er sie brechen wollte, fand er sie nicht. So ritt er weiter und mußte hinfort immer an die schönen roten und weißen Rosen denken.

Die beiden Brüder kamen zusammen in eine Stadt, in der wurde bekanntgemacht, daß derjenige Gold und Edelsteine haben sollte, der das schönste Bild malte. Da die beiden aber ausgezogen waren, denn mit em dal in den Soot. Ünnen speet he em wedder ut, un dor steiht he nu mang Rotten, Müüs, Eerdlöpers un Slangen. Dat is dor düüster, un dat Untüüch wimmelt üm em rüm, un vun ünnen stiggt so 'n Stank hooch. – De Deern aber is 'n Hex un leevt dor bi den Soot.

Op dat Sloß is grote Truur, as de Öllst nich wedder na Huus kümmt. De Vadder weent Dag un Nacht, denn he harr dacht, de Öllst sull mal dat Riek arben. Nu aber mutt he en vun de annern beiden dat Arvdeel geben.

Do seggt de ole König to jem: „Gaht los in de Welt, un de de schöönsten Eddelsteen na Huus bringt, de sall dat Riek arben un König warrn."

Do treckt de beiden los un kaamt bald na den Soot, dor ehr Broder in sitt. Se weet ja aber nich, dat he dor ünnen in is.

De Hex sitt wedder as Deern verkleed dorvör, un as se de beiden anrieden süht, do denkt se, wo se dat woll anstellen kann, dat se enen vun jem na ünnen treckt.

Se wiest jem ditmal en schöne gröne Slang un seggt: „Kiekt juuch dat mal an! Wüllt ji nich so 'n schenkt hebben?"

Do blifft de Twete stahn un kickt. De Jüngst aber ridd 'n Stück wieder, wo he rode un witte Rosen blöhen süht, de em in de Ogen fallt.

Do fangt de Deern wedder an to snacken un seggt to den Tweten, de sick den Soot mit de gröne Slang ankickt: „Wees so goot un holl enen Ogenblick dat Deert fast, bit ick wedderkam." – De Jung aber is argdenkern un kehrt ehr den Rüüch to. Do markt se, dat se em so nich kriegen kann, un se verwünscht em in 'n Stillen: He sall jeden Dag an den Soot denken, un dat Untüüch sall em kenen Dag mehr ut ' Sinn kamen, dat he gor nich mehr to Roh kümmt.

Den Jüngsten harr se ok geern verwünscht, aber de is nich dicht noog bi, de is na de Blomen reden, un so kann se mit ehren Wunsch nich mehr hinrecken.

De Blomen, de em in't Oog fullen sünd, de harr he geern afplückt. Aber as he se afbreken will, so sünd se in 'n Ogenblick verswunnen. He ridd wieder und mutt nu ümmer an de schönen witten un roden Rosen denken.

Edelsteine zu suchen, so sagten sie: „Wir wollen's versuchen." So setzte sich nun jeder in eine Kammer und fing an zu malen. Der Jüngste malte die Rosen, denn die dünkten ihm das Schönste. Der Zweite aber, da er verwünscht war, malte den Brunnen mit Ratten, Mäusen, Kröten und Schlangen, recht lustig anzuschauen.
Als ihre Bilder fertig waren, hängten sie sie in der Stadt auf, damit jedermann sehen könne und urteilen.
Viele Leute standen vor dem Bild des Zweiten und sagten, es sei gar zu putzig, wie alles durcheinanderwimmele auf dem Bild. So erhielt der Maler dafür die kostbaren Steine der Stadt. Vor dem Bild des Jüngsten standen nicht viele Menschen, aber die wenigen, die davor standen, fanden es so schön, daß sie dem Maler eines von ihren eigenen Goldstücken schenkten.
Nun wollte der Zweite heimkehren zu seinem Vater, um das Reich zu erben; denn er hatte ja seine Edelsteine.
Es ließ aber der Rat dieser Stadt bekanntmachen, die Kinder seien krank, sie hätten die Ruhe verloren und könnten nicht mehr schlafen, und es solle belohnt werden, wer ihnen eine Geschichte erzählen könne, die die Kinder beruhige und wieder schlafen ließe. Da gingen die beiden Brüder hin und meldeten sich beim Rat der Stadt. Der Älteste sprach zuerst, er wisse eine Geschichte, die sei so putzig, daß die Kinder sicherlich schlafen würden, wenn sie sie hörten. Da wurde er noch am selben Abend zu den Kindern geschickt, und er erzählte ihnen eine Geschichte von Ratten, Mäusen, Spinnen und anderem Getier. Die Kinder lauschten und schiefen auch ein. Bald aber begannen sie von dem Gewimmel zu träumen, schreckten aus dem Schlaf und waren nur noch unruhiger als zuvor. So entließ der Rat den Erzähler ohne Belohnung, und er machte sich auf den Heimweg, um seinem Vater die Steine zu bringen, die er für sein Bild erhalten hatte.
Als er heimwärts ritt, kam er wiederum an den Brunnen, in dem der Älteste saß. Er wußte nicht, daß sein Bruder darin war und trat an den Rand, um hineinzublicken; denn Ratten, Mäuse und Gewürm sah er für sein Leben gern durcheinanderwimmeln. Als er ganz dicht an den Rand getreten war, fiel aber plötzlich der Deckel zu, den die Hexe hochgestellt hatte. Der riß nun auch den Zweiten hinab, so daß er unten stand und im widerlichen Gewimmel waten mußte. Da

De beiden Bröder kaamt tosamen in en Stadt. Dor warrt bekanntmaakt, dat dejenige Geld un Eddelsteen hebben sall, de dat schöönste Bild malen kann. – De beiden sünd je nu ünnerwegens, Eddelsteen to söken, un se seggt sick: Wi wüllt dat versöken!

Do sett se sick jeedeen in en Kamer un fangt an to malen. De Jüngste maalt de Rosen; de düücht em dat Schöönste.

De Twete aber is je verwünscht. Un so maalt he den Soot mit Rotten, Müüs un Slangen, un sien Bild is wat putzig antokieken.

As de Biller ferdig sünd, hangt se de op in de Stadt, dat all de Lüüd de ankieken köönt.

Vele Lüüd staht vör den Tweten sien Bild. Se meent, dat is gor to putzig, wo dat lütt Kruuptüüch dor dörchenannerwimmelt op dat Bild. – So kümmt dat, dat he vun de Stadt de düren Steen kriggt.

Vör den Jüngsten sien Bild staht nich so veel Minschen, aber de poor, de dor staht un dat bekiekt, de findt dat so schöön, un se schenkt em en poor vun ehr Goldstücken.

Nu will de Twete na Huus na sienen Vadder un dat Riek arben. He hett ja sien Eddelsteen.

In de Stadt sünd 'n Barg Kinner krank, de hebbt ehr Roh verloren un köönt nich slapen. Un nu warrt en söcht, de de Kinner mit en Vertellen wedder to Roh bringt.

Do gaht de beiden Bröder hin un meldt sick. De twete Broder seggt toeerst, he wüß en Geschicht, de is so putzig, wenn he de vertellt, denn warrt de Kinner wiß inslapen.

Do warrt he noch den sülben Abend na de Kinner bröcht, un he vertellt jem en Geschicht vun Rotten, Müüs un anner lütt Deerten. De Kinner höört nipp to un slaapt dor ok öber in. Aber nich lang dorna fangt se an un dröömt vun dat Gewimmel, bit se opwaken doot ut 'n Slaap un blot noch unrohiger sünd as vörher.

Do warrt de Geschichtenverteller wegjaagt, kriggt kenen Lohn, un he maakt sick op 'n Padd mit sien Steen, de he för sien Bild kregen hett.

As he na Huus rieden deit, do kümmt he wedder an den Soot, dor de Öllst in sitt. He weet aber nicht, dat sien Broder dor binnen is, un he böögt sick öber 'n Rand und will rünnerkieken; Rotten, packte ihn nun doch endlich der Ekel, und er dachte: „Ach, wäre ich doch erst wieder heraus aus diesem Höllenloch!" Er konnte aber nicht und mußte in dem düstern Loch bleiben.

Der Jüngste war währenddessen in der Stadt geblieben; er hatte keine Edelsteine und würde darum auch nicht das Reich des Vaters erben, wenn er nach Hause kam. Weil ihn die kranken Kinder in der Stadt dauerten, ließ er sich für den Abend beim Rat melden und sagte, er wolle es einmal mit seiner Geschichte versuchen, ob die Kinder nicht darüber zur Ruhe kämen. So ward er nun zu den Kindern gebracht, und er erzählte ihnen die Geschichte, wie er damals mit seinem Bruder zu dem Brunnen kam, wie sein Bruder hineingeblickt hätte und seitdem immer an all das Häßliche denken müsse, das er dort in dem Brunnen gesehen habe. Er, der Jüngste aber, habe zwei Blumen gesehen, weiß und rot, die seien so schön gewesen, daß er sie nicht wieder vergessen könne. – Und er wußte den Kindern sie so fein auszumalen, daß die Kinder sie auch schauten, darüber einschliefen und in dieser Nacht zum ersten Mal nach langer Zeit wieder ruhigblieben.

Als der Rat das hörte, ließ er den Jungen vor sich kommen und schenkte ihm zur Belohnung ein kleines Beutelchen mit Perlen.

Nun machte sich der jüngste Königssohn auch auf den Weg nach Hause, und wenn er auch keine Edelsteine hatte, so sehnte er sich doch, seinen Vater wiederzusehen, und wollte auch ohne das Reich glücklich und zufrieden sein. Er schlug aber einen anderen Weg ein als sein Bruder.

Als sein Weg ihn durch einen Wald führte, er gerade wieder an seine schönen Blumen dachte, begegnete ihm ein Mädchen, das trug ein schweres Bündel Reisig. Da dauerte ihn das Kind, daß es so schwer tragen mußte, und er sagte: „Komm, ich will dir helfen", und er nahm ihre Last und legte sie auf sein Pferd.

So gingen sie zusammen ein Stück Weges, und er fragte sie: „Wie kommt es, daß du hier allein in dem tiefen Wald lebst?"

„Meine Mutter sagt, ich sei doch zu nichts anderem nütze, als Hausarbeit zu tun", sagte das Mädchen, „und weil mich draußen niemand haben wollte, so bin ich mit meiner Mutter in diese Waldhütte gezogen und helfe nun in der Küche."

Müüs un Wörm süht he je för sien Leben geern dörchenannerwimmeln.
As he dicht noog ran is, do fallt mit 'n Mal de Deckel dal, den de Hex hoochstellt hett. De ritt ok den Tweten rünner, un he mutt ok ünnen bit an de Knee in all dat Gewimmel stahn. Do warrt em dat grulich, un he denkt: „Och, weer 'k doch man eerst wedder rut ut dit Höllenlock!" He kann aber nich un mutt in dat düüster Lock sitten blieben.
Wieldeß is de Jüngst in de Stadt bleben. He hett keen Eddelsteen un kann dorüm ok nich dat Riek arben, wenn he na Huus kümmt. Nu duurt em de kranken Kinner, un he meldt sick an 'n annern Abend un seggt, he will dat mit sien Geschicht versöken, dat de Kinner to Roh kaamt.
He warrt na de Kinner bröcht, un he vertellt jem sien Geschicht, as he domals mit sienen Broder na den Soot reden is, un sien Broder hett rünnerkeken un mutt nu ümmer an all dat Düüstere denken, wat he dor ünnen sehn hett. He sülbst aber weer twee Blomen wies worrn, witt un root, de weern so schöön, dat he se nich wedder vergeten kunn. – Un he weet de Kinner dat Bild so düütlich vör Ogen to stellen, dat de Kinner ganz vergnöögt un tofreden warrt, sick mit em freit, ok an de wunnerschönen Blomen denkt, un disse Nacht to 'n eersten Mal na lange Tiet rohig slaapt.
Do kriggt de Jüngst as Lohn enen lütten Büdel mit Perdeln, un he maakt sick op 'n Weg na Huus. Wenn he ok keen Eddelsteen hett, so will he doch geern sienen Vadder weddersehn un ok ohn Riek tofreden wesen. He nimmt aber 'n annern Weg as sien Broder. As he op sien Reis enmal dörch en Holt kümmt un graad wedder an sien Blomen denkt, do kümmt em en lütt Mäken in de Mööt, de hett 'n swoor Bünnel Knüppelholt op de Nack. Do duurt em de Lütt, un he seggt to ehr: „Kumm, ick will di helpen", un he packt ehr Last op sien Peerd. So gaht se tosamen en Stück Weg lang, un he fraagt ehr: „Wo kümmt dat, dat du hier alleen in't depe Holt leevst?"
„Mien Mudder seggt, ick bün doch to nix nütz, as Huusarbeid to doon", seggt dat Mäken. „Buten will mi keeneen hebben, un so bün ick bi mien Mudder hier in de Hütt un help ehr in de Kööк."
As de Hütt in Sicht kümmt, laadt de Jung dat Bünnel Holt af un

Als sie nun an die Hütte gekommen waren, lud der Königssohn das Bündel ab und wollte weiterreiten. Aber das Mädchen sagte: „Es wird bald Abend werden. Bleibe diese Nacht bei uns." Da saß er ab und blieb.
Nun standen hinterm Hause im Garten des Mädchens zwei Rosenbäumchen, die hatten noch nie recht blühen wollen. Nur das eine Bäumchen hatte ein paar weiße Blüten. Als nun aber der junge Königssohn in den Garten kam, dem Mädchen bei der Arbeit half, da blühten auf einmal beide Bäumchen auf, das eine trug weiße, das andere rote Rosen. Und als sie eine Zeitlang im Garten gegraben hatten, da funkelte etwas in der Erde, das waren Edelsteine, die rollten ihnen nun entgegen und waren schön, wie sie noch nie zuvor jemand gesehen hatte.
Am andern Morgen nahm der Königssohn das Mädchen aufs Pferd, und sie machten sich auf auf den Weg zum Schloß des alten Königs; dort sollte die Hochzeit gefeiert werden. Unterwegs aber sahen sie den Brunnen, in dem die beiden Älteren zwischen Schlangen, Mäusen und Fröschen sitzen mußten. Der Jüngste wußte es nicht, aber er hörte, als er mit seiner Braut vorbeiritt, wie drunten einer sprach: „Ach, könnte ich heraus aus diesem ekligen, dunklen Loch und draußen wieder Licht und frische Luft haben!"
Da trat der Jüngste heran, öffnete den Deckel und sah seine Brüder unter all dem Ungeziefer. Er reichte erst dem Zweiten die Hand und zog ihn herauf, und dann halfen sie ihrem ältesten Bruder aus dem Pfuhl. Der aber hatte noch immer die lange Nase, die er erhalten hatte, als er hineinmußte in den Brunnen. Die mußte er fürs erste nun auch behalten.
Die böse Hexe aber, die sich als Mädchen verkleidete, wurde ergriffen und selbst in den Brunnen gesteckt. Dann kam der Deckel drauf, so daß sie ihr Lebtag nun bei dem Ungeziefer sitzen mußte.
Die drei Brüder und die Braut des Jüngsten gingen heim zu ihrem Vater. Dort wurde die Hochzeit gefeiert. Der Jüngste erhielt das Reich; denn seine Edelsteine waren allein echt. Die beiden Älteren aber dienten dort. Der Älteste hatte noch immer seine große Nase, und die ging erst langsam wieder zurück, als er jeden Tag für eine Zeit auf die Edelsteine schaute, die der Jüngste und das Mädchen mitgebracht hatten aus dem Wald.

will wiederrieden. Aber dat Mäken seggt: „Dat warrt bald Abend. Bliev disse Nacht bi uns.“ Do stiggt he af un blifft bi jem. Nu staht achter 't Huus in 'n Goorn twee Rosenbüsch, de hebbt niemals so recht blöhen wullt. Blot de een hett 'n poor witte Blömkens. As nu aber de Königssöhn in den Goorn kümmt un dat Mäken bi de Arbeid helpt, do blöht de beiden Rosenbüsch op, de en driggt witte, de anner rode Rosen. Un as se en Tietlang in 'n Goorn graavt hebbt, so rullt jem mit 'n mal Eddelsteen in de Mööt, un de blenkert so hell, as noch keen Minsch vörher welk hett blenkern sehn.

An 'n annern Morgen nimmt de Jung dat Mäken op 't Peerd, un se maakt sick op 'n Weg na den olen König sien Sloß. Dor sall de Hochtiet fiert warrn. Ünnerwegens warrt de beiden den Soot wies, wo de Bröder mang Slangen, Müüs un Rotten sitten mööt. De Jüngst weet dor nix vun af, aber as he mit sien Bruut vörbirieden kümmt, do höört he ünnen enen spreken: „Och, kunn ick doch blots rut ut dit düüster Lock un buten wedder Licht un Luft hebben!“

Do kümmt de Jüngst ran, böört den Deckel op un warrt sien Bröder wies mang all dat Untüüch. Do treckt he eerst den Tweten rut, un denn helpt se ehren öllsten Broder ut 'n Mutt. De aber hett ümmer noch sien lange Nääs un de groten Ohren, de he kregen hett, as he dal müß.

De ole Hex, de sick as Deern verkleed hett, de kriegt se bi 'n Wickel, stoppt ehr in 'n Soot rin, klappt den Deckel to un packt dor noch 'n Steen op, dat se nich wedder hooch kann un all ehr Leevdag ünnen bi dat Untüüch blieben mutt.

De dree Bröder un den Jüngsten sien Bruut gaht nu na Huus na ehren Vadder. Dor warrt de Hochtiet fiert. De Jüngste kriggt dat Riek, den sien Eddelsteen alleen sünd echt. Den Öllsten sien lange Nääs un sien groten Ohren gaht eerst weg, as he jeden Dag sien Ogen för en Stünn na de Eddelsteen wendt, de de Jüngst un sien Bruut ut den Goorn mitbröcht hebbt.

Märchen von der Unke

Es war einmal ein kleines Kind, dem gab seine Mutter jeden Nachmittag ein Schüsselchen mit Milch und Weckbrocken, und das Kind setzte sich damit hinaus in den Hof. Wenn es aber anfing zu essen, so kam die Hausunke aus einer Mauerritze hervorgekrochen, senkte ihr Köpfchen in die Milch und aß mit. Das Kind hatte seine Freude daran, und wenn es mit seinem Schüsselchen dasaß und die Unke kam nicht gleich herbei, so rief es ihr zu:

„Unke, Unke, komm geschwind,
komm herbei, du kleines Ding,
sollst dein Bröckchen haben,
an der Milch dich laben."

Da kam die Unke gelaufen und ließ es sich gut schmecken. Sie zeigte sich auch dankbar, denn sie brachte dem Kind aus ihrem heimlichen Schatz allerlei schöne Dinge, glänzende Steine, Perlen und goldene Spielsachen. Die Unke trank aber nur Milch und ließ die Brocken liegen. Da nahm das Kind einmal sein Löffelchen, schlug ihr damit sanft auf den Kopf und sagte: „Ding, iß auch Brocken!" Die Mutter, die in der Küche stand, hörte, daß das Kind mit jemand sprach, und als sie sah, daß es mit seinem Löffelchen nach einer Unke schlug, so lief sie mit einem Scheit Holz heraus und tötete das gute Tier.

Von der Zeit an ging eine Veränderung mit dem Kinde vor. Es war, solange die Unke mit ihm gegessen hatte, groß und stark geworden, jetzt aber verlor es seine schönen roten Backen und magerte ab. Nicht lange, so fing in der Nacht der Totenvogel an zu schreien, und Rotkehlchen sammelte Zweiglein und Blätter zu einem Totenkranz, und bald hernach lang das Kind auf der Bahre.

Dat Kind un de Slang

Do is mal en Kind west, dat kriggt vun sien Mudder jeden Nameddag Melk un Klüten in en Schöttel, un dat Kind sett sick mit de Schöttel vull Melk denn buten op 'n Hoff hen. Wenn dat aber anfangt mit't Eten, denn kümmt de gode Huusslang ut de Muurritz krapen, böögt den Kopp dal in de Schöttel un itt mit. Dat Kind hett sien Freud dor an. Wenn 't mit sien Melk un Klüten dor sitt un de Slang is noch nich foorts dor, denn röppt dat:

Slang, Slang, kumm herut,
kumm du ut dien Lock nu rut,
sallst dien Melk hier slappen,
vun de Klüten ok en Happen!

Nu kümmt de Slang ankrapen un lett sick dat smecken. To 'n Dank bringt se för dat Kind allerhand fiene Saken vun ehren heemlichen Schatz mit, blanke Stenen un gollen Speelsaken. Man ümmer drinkt se blot Melk un lett de Klüten liggen. Denn nimmt dat Kind enmal sienen Lepel, kloppt ehr dormit lies op 'n Kopp un seggt: „Nu man to, eet ok Klüten!"

De Mudder vun dat Kind, de in de Köök steiht, höört dat Kind snacken. Se kümmt rut na 'n Hoff, un as se süht, dat dat mit sienen Lepel en Slang op 'n Kopp sleit, do kümmt se mit enen Knüppel anlopen un haut de Slang doot.

Vun de Tiet an hett sick dat Blatt wendt hatt. Solang as dat Kind mit de Slang tosamen Melk un Klüten eten hett, weer dat stark un groot worrn. Nu aber hett dat gor keen rode Backen mehr un magert af. Nich lang dorna warrt in de Nacht de Dodenvagel schreen, un de lütt Rootbost, de sünst in den Goorn ümmer rümhüppt, de sammelt nu Twiegen un Blääd för enen Dodenkranz, un dat duurt nich lang, do liggt dat Kind op de Bohr.

Der Himmel fällt herab

Ein Huhn pickte Korn auf dem Hof, da fiel ihm eines auf den Kopf. Es dachte, der Himmel fiele herab und sprach: „Ich will gehen und dem König sagen, daß der Himmel herabfällt."

Es ging und traf den Hahn. „Wohin gehst du?" fragte der Hahn. – „Ich gehe dem König Bescheid sagen, daß der Himmel herabfällt", sagte das Huhn. – „Soll ich mitgehen?" fragte der Hahn. – „Ja", sprach das Huhn.

So gingen das Huhn und der Hahn und wollten dem König Bescheid sagen, daß der Himmel herabfiele. Sie gingen und gingen, bis sie die Ente trafen. „Wohin geht ihr?" fragte die Ente. – „Wir gehen dem König Bescheid sagen, daß der Himmel herabfällt", sagten das Huhn und der Hahn. – „Soll ich mitgehen?" fragte die Ente. „Ja", sprachen Huhn und Hahn.

So gingen das Huhn, der Hahn und die Ente und wollten dem König Bescheid sagen, daß der Himmel herabfiele. Sie gingen und gingen und gingen, bis sie die Gans trafen. „Wohin geht ihr?" fragte die Gans. – „Wir gehen dem König Beschied sagen, daß der Himmel herabfällt", sagten sie. – „Soll ich mitkommen?" fragte die Gans. – „Ja", sagten die drei.

So gingen das Huhn, der Hahn, die Ente und die Gans und wollten dem König Bescheid sagen, daß der Himmel herabfiele. Sie gingen, bis sie den Fuchs trafen, der fragte: „Wohin wollt ihr?" – „Wir gehen dem König Bescheid sagen, daß der Himmel herabfällt", sagten alle vier. – „Soll ich mitgehen?" sagte der Fuchs. – „Ja", sagten sie.

Aber der Fuchs lockte sie alle in sein Loch. Er und seine sechs Jungen fraßen das Huhn, den Hahn, die Ente und die Gans. Die konnten nun gar nicht mehr zum König gehen und ihm sagen, daß der Himmel herabgefallen war.

De Heven fallt dal

De Hehn pickt Koorn op ’n Hoff. Do fallt ehr ’n Krömel op ’n Kopp. Se denkt, de Heven fallt dal, un seggt: „Ick will hengahn un de König Bescheed seggen, dat de Heven dalfallt.“
Se geiht, bit se den Hahn dröppt. – „Wo wullt du hen?“ fraagt de Hahn. – „Ick gah un will den König Bescheed seggen, dat de Heven dalfallt“, seggt de Hehn. – „Sall ick mitkamen?“ fraagt de Hahn. – „Ja“, sagt de Hehn.
So gaht de Hehn un de Hahn un wüllt den König Bescheed seggen, dat de Heven dalfallt. Se gaht un gaht, bit se de Ent draapt. „Wo wüllt ji hen?“ fraagt de Ent. : „Wi gaht un wüllt den König Bescheed seggen, dat de Heven dalfallt“, seggt Hehn un Hahn. – „Sall ick mitkamen?“ fraagt de Ent. – „Ja“, seggt Hehn und Hahn. So gaht de Hehn, de Hahn un de Ent un wüllt den König Bescheed seggen, dat de Heven dalfallt. Se gaht un gaht und gaht, bit se de Goos draapt. „Wo wüllt je hen?“ fraagt de Goos. „Wi gaht un wüllt den König Bescheed segen, dat de Heven dalfallt“, seggt se. – „Sall ick mitkamen?“ fraagt de Goos. – „Ja“, seggt de dree. So gaht de Hehn, de Hahn, de Ent un de Goos un wüllt den König Bescheed seggen, dat de Heven dalfallt. Se gaht so lang, bit jem de Voß in de Mööt kümmt. „Wo wüllt ji hen?“ fraagt de Voß. – „Wi gaht un wüllt den König Bescheed seggen, dat de Heven dalfallt“, seggt de veer alltohoop. – „Sall ick mitkamen?“ seggt de Voß. – „Ja“, seggt se.
Aber de Voß kriggt dat ferdig, dat se in sien Lock kruupt. He un sien söß lütten Vöß freet de Hehn, den Hahn, de Ent un de Goos op. De kriegt den König nich mehr to sehn. Un so köönt se em ok gor nicht mehr Bescheed seggen, dat de Heven dalfullen is.

Katze und Maus in Gesellschaft

Eine Katze hatte Bekanntschaft mit einer Maus gemacht und ihr so viel von der großen Liebe und Freundschaft vorgesagt, die sie zu ihr trüge, daß die Maus endlich einwilligte, mit ihr zusammen in einem Haus zu wohnen und gemeinschaftliche Wirtschaft zu führen. „Aber für den Winter müssen wir Vorsorge tragen, sonst leiden wir Hunger", sagte die Katze, „du, Mäuschen, kannst dich nicht überall hinwagen und gerätst mir am Ende in eine Falle." Der gute Rat ward also befolgt und ein Töpfchen mit Fett angekauft. Sie wußten aber nicht, wo sie es hinstellen sollten; endlich, nach langer Überlegung, sprach die Katze: „Ich weiß keinen Ort, wo es besser aufgehoben wäre, als die Kirche, da getraut sich niemand, etwas wegzunehmen; wir stellen es unter den Altar und rühren es nicht eher an, als bis wir es nötig haben." Das Töpfchen ward also in Sicherheit gebracht, aber es dauerte nicht lange, so trug die Katze Gelüsten danach und sprach zur Maus: „Was ich dir sagen wollte, Mäuschen, ich bin von meiner Base zu Gevatter gebeten: sie hat ein Söhnchen zur Welt gebracht, weiß mit braunen Flecken, das soll ich über die Taufe halten. Laß mich heute ausgehen und besorge du das Haus allein." – „Ja, ja", antwortete die Maus, „geh in Gottes Namen, wenn du was Gutes ißt, so denke an mich. Von dem süßen roten Kindbetterwein tränk ich auch gerne ein Tröpfchen." Es war aber alles nicht wahr, die Katze hatte keine Base und war nicht zu Gevatter gebeten. Sie ging geradewegs nach der Kirche, schlich sich zu dem Fettöpfchen, fing an zu lecken und leckte die fette Haut ab. Dann machte sie einen Spaziergang auf den Dächern der Stadt, besah sich die Gelegenheit, streckte sich hernach in der Sonne aus und wischt sich den Bart, sooft sie an das Fettöpfchen dachte. Erst als es Abend war, kam sie wieder nach Haus. „Nun, da bist du ja wieder", sagte die Maus, „du hast gewiß einen lustigen Tag gehabt." „Es ging wohl an", antwortete die Katze. „Was hat denn das Kind für einen Namen bekommen?" fragte die Maus. – „Hautab", sagte die Katze ganz trocken. „Hautab?" rief die Maus, „das ist ja ein wunderlicher und seltsamer Name,

Katt un Muus in een Huus

De Katt hett en Muus kennenlehrt un ehr ’n Barg vun Leev un Fründschop vörtüdert, un toletzt is dat so wiet kamen, un de Muus treckt mit ehr ünner een Dack, un se huust tosamen.
„För den Winter mööt wi vörsorgen, sünst verhungert wi“, seggt de Katt, „du lütt Muus kannst di nich allerwegens henwagen, anners kümmst du mi noch in de Muusfall.“
„Dat ’s ok wohr“, seggt de Muus, „denn laat uns man enen Putt vull Fett köpen. – Man, wo sall de öber Winter stahn?“
Toletzt seggt de Katt: „Ick weet! Narms steiht he beter as in de Kark. Dor nemmt keeneen wat weg. Wi stellt em ünner den Altor un gaht eerst dor bi, wenn Noot an ’n Mann is.“
De Putt warrt je nu wegstellt. Dat duurt aber nich lang, do kriggt de Katt den Jieper, un se seggt to de Muus: „Wat ick noch seggen wull, lütt Muus, ick sall to Kinddööp. Mien anner Fründin hett ’n Jung kregen, witt mit brune Placken. Dor sall ick hen un Gevadder stahn. Laat mi gahn un besorg du dat Huus hüüt alleen.“
„Ja, ja“, seggt de Muus, „gah man. Wenn du wat Godes to eten kriggst, denn denk an mi. Vun den roden Wien dor bi de Dööp harr ick ok geern ’n Sluck hatt.“
De Geschicht is aber gor nich wohr west. De Katt hett gor keen Fründin un is ok gor nich to Kinddööp inlaadt west.
Se geiht stracks na de Kark, sliekert na den Fettputt hen, fangt an to licken un lickt de fette Huut af. Denn geiht se noch ’n beten op de Dacken lang, leggt sick in de Sünn un lickt sick den Boort. Eerst abends kümmt se wedder na Huus.
„Na, dor büst du je wedder“, seggt de Muus, „hest ’n goden Dag hatt?“
„Och, dat geiht“, antert de Katt.
„Watt hett dat Kind denn för ’n Naam kregen?“ fraagt de Muus.
„Huutaf“, seggt de Katt.
„Huutaf?“ seggt de Muus, „dat ’s ja en gediegen Naam. Kümmt de in dien Fründin ehr Familje vör?“

ist der in eurer Familie gebräuchlich?" – „Was ist da weiter", sagte die Katze, „er ist nicht schlechter als Bröseldieb, wie deine Paten heißen."
Nicht lange danach überkam die Katze wieder ein Gelüsten. Sie sprach zur Maus: „Du mußt mir den Gefallen tun und nochmals das Hauswesen allein besorgen, ich bin zum zweitenmal zu Gevatter gebeten, und da das Kind einen weißen Ring um den Hals hat, so kann ich's nicht absagen." Die gute Maus willigte ein; die Katze aber schlich hinter der Stadtmauer zu der Kirche und fraß den Topf halb aus. „Es schmeckt nichts besser", sagte sie, „als wenn man selber ißt", und war mit ihrem Tagewerk ganz zufrieden. Als sie heimkam, fragte die Maus: „Wie ist denn dieses Kind getauft worden?" – „Halbaus", antwortete die Katze. „Halbaus! Was du sagst! Den Namen habe ich mein Lebtag noch nicht gehört, ich wette, der steht nicht in dem Kalender."
Der Katze wässerte das Maul bald wieder nach dem Leckerwerk. „Aller guten Dinge sind drei", sprach sie zu der Maus, „sa soll ich wieder Gevatter stehen, das Kind ist ganz schwarz und hat bloß weiße Pfoten, sonst kein weißes Haar am ganzen Leib; das trifft sich alle paar Jahr nur einmal. Du läßt mich doch ausgehen? – „Hautab! Halbaus!" antwortete die Maus, „es sind so kuriose Namen, die machen mich so nachdenklich." – „Da sitzt du daheim in deinem dunkelgrauen Flausrock und deinem langen Haarzopf", sprach die Katze, „und fängst Grillen, das kommt davon, wenn man bei Tage nicht ausgeht." Die Maus räumte während der Abwesenheit der Katze auf und brachte das Haus in Ordnung. Die naschhafte Katze aber fraß den Fettopf rein aus. „Wenn erst alles aufgezehrt ist, so hat man Ruhe", sagt sie zu sich selbst und kam satt und dick erst in der Nacht nach Haus. Die Maus fragte gleich nach dem Namen, den das dritte Kind bekommen hätte. „Er wird dir wohl auch nicht gefallen", sagte die Katze, „er heißt Ganzaus." – „Ganzaus!" rief die Maus, „das ist der allerbedenklischste Name, gedruckt ist er mir noch nicht vorgekommen. Ganzaus! Was soll das bedeuten?" Sie schüttelte den Kopf, rollte sich zusammen und legte sich schlafen.
Von nun an wollte niemand mehr die Katze zum Gevatter bitten, als aber der Winter herangekommen und draußen nichts mehr zu finden war, gedachte die Maus ihres Vorrats und sprach: „Komm, Kat-

„Wat is dor bi?“ seggt de Katt, „de is ebenso goot as ‚Krömeldeef‘, as dien Verwandten heet.“
Dat duurt nich lang, do kriggt de Katt wedder ’n Jieper. Se seggt to de Muus: „Do mi den Gefallen un hööd noch mal dat Huus. Ick sall al wedder Gevadder stahn. Dat Jung hett ’n witten Ring üm ’n Hals, dor kann man nich nee seggen.“
De gode Muus is dormit inverstahn. De Katt aber sliekert an de Muur lang na de Kark hen un fritt den halben Putt ut. „Smeckt nix beter, as wat ’n sülben itt“, seggt se un is mit ehr Daagwark heel tofreden.
As se na Huus kümmt, fraagt de Muus: „Op wat för ’n Naam is denn dit Kind nu döfft?“
„Halfut“, seggt de Katt.
„Halfut – wat du nich seggst. Den Naam heff ick all mien Daag noch nich hööört. Ick müch wetten, de steiht nich in ’n Kalenner.“
De Katt kriggt al bald wedder Lust op Eten. „Is nich to glöben“, seggt se, „ick sall al wedder to Kinddööp. Dit Kind is swatt mit witte Poten – sowat gifft dat so licht nich noch mal. Du lettst mi doch gahn?“
„Huutaf – Halfut“, seggt de Muus, „dat sünd doch snaaksche Naams, de maakt mi so nadenkern.“
„Keen Wunner“, seggt de Katt, „du sittst hier in dien’n griesen Morgenrock un mit ’n langen Zopp un hest Grappen in ’n Kopp. Dat kümmt, wenn du gor nich ut ’n Huus kümmst.“
De Muus rüümt nu op un maakt dat Huus op Schick. De Naschkatt aber fritt den Fettputt rein ut. „Eerst wenn allens vertehrt is, denn hett de lebe Seel Roh“, seggt se to sick sülben un kümmt satt un dick eerst bi Nacht wedder an ’n Laden.
De Muus fraagt gliek na den Naam vun dat drütte Kind.
„De warrt di woll ok nich passen“, seggt de Katt, „de heet Reinut.“
„Reinut“, röppt de Muus, „dat is mi doch to gediegen! De is mi noch gor nich vörkamen. Reinut – wat sall denn dat bedüden?“ Se schüddkoppt un leggt sick to Bett.
Vun nu an will keeneen mehr de Katt to Gevadder hebben. As aber de Winter dor is un buten nix mehr to finnen, do denkt de Muus an ehren Fettputt un seggt: „Kumm, Katt, wi wüllt na un-

ze, wir wollen zu unserem Fettopfe gehen, den wir uns aufgespart haben, der wird uns schmecken." - „Jawohl", antwortete die Katze, „der wird dir schmecken, als wenn du deine feine Zunge zum Fenster hinausstreckst." Sie machten sich auf den Weg, und als sie anlangten, stand zwar der Fettopf noch an seinem Platz, er war aber leer. „Ach", sagte die Maus, „jetzt merke ich, was geschehen ist, jetzt kommt's an den Tag, du bist mir die wahre Freundin! Aufgefressen hast du alles, wie du zu Gevatter gestanden hast: erst Haut ab, dann halb aus, dann . . ." - „Willst du schweigen!" rief die Katze, „noch ein Wort, und ich fresse dich auf!"
„Ganz aus", hatte die arme Maus schon auf der Zunge, kaum war es heraus, so tat die Katze einen Satz nach ihr, packte sie und schluckte sie hinunter. Siehst du, so geht's in der Welt.

sen Fettputt gahn, den wi uns opheegt hebbt, de warrt uns nu smecken."

„Jawoll", antert de Katt, „de warrt di ebenso smecken, as wenn du dien fiene Tung ut 'n Finster höllst!"

Se maakt sick op 'n Weg, un as se anlangt, do steiht twoors de Putt dor noch, aber leddig.

„Och so", seggt de Muus, „nu mark ick, wat hier los is. Nu warr ick wies, wat du mi en rechte Fründin büst! Freten hest du ümmer, wenn du to Kinddööp güngst: Toeerst Huut af, denn half ut, denn . . ."

„Swieg jo still!" röppt de Katt, „noch een Woort, un ick freet di op!"

„Rein ut" hett de Muus al op de Tung, un knapp is 't rut, do maakt de Katt enen Satz, packt ehr un sluukt ehr öber.

Sühst woll, so geiht dat in de Welt!

Frau Holle

Eine Witwe hatte zwei Töchter, davon war die eine schön und fleißig, die andere häßlich und faul. Sie hatte aber die häßliche und faule, weil sie ihre rechte Tochter war, viel lieber, und die andere mußte alle Arbeit tun und der Aschenputtel im Hause sein. Das arme Mädchen mußte sich täglich auf die große Straße bei einem Brunnen setzen und mußte so viel spinnen, daß ihm das Blut aus den Fingern sprang. Nun trug es sich zu, daß die Spule einmal ganz blutig war; da bückte es sich damit in den Brunnen und wollte sie abwaschen; sie sprang ihm aber aus der Hand und fiel hinab. Es weinte, lief zur Stiefmutter und erzählte ihr das Unglück. Sie schalt es aber so heftig und war so unbarmherzig, daß sie sprach: „Hast du die Spule hinunterfallen lassen, so hol sie auch wieder herauf." Da ging das Mädchen zu dem Brunnen zurück und wußte nicht, was es anfangen sollte; und in seiner Herzensangst sprang es in den Brunnen hinein, um die Spule zu holen. Es verlor die Besinnung, und als es erwachte und wieder zu sich selber kam, war es auf einer schönen Wiese, wo die Sonne schien und viel tausend Blumen standen. Auf dieser Wiese ging es fort und kam zu einem Backofen, der war voller Brot; das Brot aber rief: „Ach, zieh mich raus, zieh mich raus, sonst verbrenn' ich; ich bin schon längst ausgebacken." Da trat es herzu und holte mit dem Brotschieber alles nacheinander heraus. Danach ging es weiter und kam zu einem Baum, der hing voller Äpfel und rief ihm zu: „Ach, schüttel mich, schüttel mich, wir Äpfel sind alle miteinander reif." Da schüttelte es den Baum, daß die Äpfel fielen, als regneten sie, und schüttelte, bis keiner mehr oben war; und als es alle in einem Haufen zusammengelegt hatte, ging es wieder weiter. Endlich kam es zu einem kleinen Haus, daraus guckte eine alte Frau, weil sie aber so große Zähne hatte, ward ihm Angst, und es wollte fortlaufen. Die alte Frau aber rief ihm nach: „Was fürchtest du dich, liebes Kind? Bleib bei mir, wenn du alle Arbeit im Hause ordentlich tun willst, so soll dir's gut gehen. Du mußt nur achtgeben, daß du mein Bett gut machst und es fleißig aufschüttelst, daß die

Fro Meddern

Wo wahnt denn Fro Meddern?

Veertig Mielen von hier,
dor mußt du ehr söken,
dor hett se ehr Riek
op en'n mächtigen Barg –
veer Mielen gegen Westen
un söben gegen Süden,
fief Mielen gegen Oosten
un dree gegen Noord.

Du geihst op den Barg,
lettst trüch Dörp un Hüser,
löppst eensame Weeg
dörch Feller un Knicks.
Du kümmst in en Holt,
'tis still dor un düüster.
In't Dannenholt kickst du
nicht vörwarts, nich trüch.

Kümmst rut ut dat Holt
un kümmst op de Wischen,
dor blöht gele Blomen,
dat Gras is dor gröön;
de Heben is hooch,
un de Sünn de schient hell
op de Wisch, op de Blomen
un ok op dien'n Weg.

Nu steiht dor de Boom,
hangt vull rode Appeln,
un kümmst du dor neger,
denn roopt se di to:

„Nu schüddel uns doch,
wi sünd doch al riep,
gah nich so vörbi,
du sühst doch de Noot!"

Du faatst an den Boom,
du faatst an de Twiegen
un schüddelst de Appeln,
de fallt in dat Gras.
Du sammelst ehr op
un packst ehr tohopen,
dor liggt se – du hest,
wat Noot weer, nu daan.

Geihst wieder dien'n Weg
dörch Blomen un Gras
un kümmst an den Aben,
dor in backt dat Broot.
„Nu treck uns doch rut,
wi sünd doch al goor,
laat uns nich verbrennen,
dat warrt nu hooch Tiet!"

Du nemmst mit den Schüver
en Broot na dat anner,
treckst rut, wat dor hitt is,
wat goor is un bruun.
Packst allens tohopen
un löppst denn noch wieder.
– Wo wullt du denn hin? –
Weeßt sülbst nich, wohin!

Federn fliegen. Dann schneit es in der Welt; ich bin die Frau Holle." Weil die Alte ihm so gut zusprach, so faßte sich das Mädchen ein Herz, willigte ein und begab sich in ihren Dienst. Es besorgte auch alles nach ihrer Zufriedenheit und schüttelte ihr das Bett immer gewaltig auf, daß die Federn wie Schneeflocken umherflogen; dafür hatte es auch ein gut Leben bei ihr, kein böses Wort und alle Tage Gesottenes und Gebratenes. Nun war es eine Zeitlang bei der Frau Holle, da ward es traurig und wußte anfangs selbst nicht, was ihm fehlte, endlich merkte es, daß es Heimweh war; ob es ihm hier gleich viel tausendmal besser ging als zu Haus, so hatte es doch ein Verlangen dahin. Endlich sagte es zu ihr: „Ich habe den Jammer nach Haus kriegt, und wenn es mir auch noch so gut hier unten geht, so kann ich doch nicht länger bleiben, ich muß wieder hinauf zu den Meinigen." Die Frau Holle sagte: „Es gefällt mir, daß du wieder nach Haus verlangst, und weil du mir so treu gedient hast, so will ich dich selbst wieder hinaufbringen." Sie nahm es darauf bei der Hand und führte es vor ein großes Tor. Das Tor ward aufgetan, und wie das Mädchen gerade darunter stand, fiel ein gewaltiger Goldregen, und alles Gold blieb an ihm hängen, so daß es über und über davon bedeckt war. "Das sollst du haben, weil du so fleißig gewesen bist", sprach die Frau Holle und gab ihm die Spule wieder, die ihm in den Brunnen gefallen war. Darauf ward das Tor verschlossen, und das Mädchen befand sich oben auf der Welt, nicht weit von seiner Mutter Haus: und als es in den Hof kam, saß der Hahn auf dem Brunnen und rief:

„Kikeriki,
unsere goldene Jungfrau ist wieder hie."

Da ging es hinein zu seiner Mutter, und weil es so mit Gold bedeckt ankam, ward es von ihr und der Schwester gut aufgenommen.

Das Mädchen erzählte alles, was ihm begegnet war, und als die Mutter hörte, wie es zu dem großen Reichtum gekommen war, wollte sie der andern, häßlichen und faulen Tochter gerne dasselbe Glück verschaffen. Sie mußte sich an den Brunnen setzen und spinnen, und damit ihre Spule blutig ward, stach sie sich in die Finger und stieß sich die Hand in die Dornhecke. Dann warf sie die Spule in den Brunnen und sprang selber hinein. Sie kam wie die andere auf die schöne Weise und ging auf demselben Pfade weiter. Als sie zu dem Backofen gelangte, schrie das Brot wieder: „Ach, zieh mich raus,

Du kümmst an en Huus,
un baben ünner 'n Gebel
dor kickt ut en Finster
en Fro op di dal,
hett den Kopp op de Arms leggt,
un hett en poor Tähnen,
un hett en Poor Ogen –
ick segg di: So groot!

Dien Hart höörst du slagen,
dat sleit bit to 'n Hals di,
as du dor nu ankümmst,
man du bliffst hier nich stahn.
Geihst neger an't Huus ran –
nu maakt se ehr'n Mund op,
un höörst du ehr Stimm eerst,
denn kriggst du wedder Moot:

„Keen büst du, Fro Meddern?" –
„Kumm rin, du kannst blieben,
kumm du in mien Huus man
un kumm in mienen Deenst."
So sprickt se nu fründlich,
un du bliffst ok geern dor,
wullt flietig dor wesen,
hest en Dack över 'n Kopp.

„Nu gah eerst mal sitten,
sallst goot dat hier hebben,
morgen fröh geiht dat los hier,
vundaag roh di ut.
Du helpst mi woll seker
in mien Huus bi de Arbeid,
denn maakst du de Betten
un schüddelst ehr op."

Bi Dag röppt de Arbeid,
denn töövt dor Fro Meddern,
se will, dat de Betten
du schüddelst un kloppst.

Denn fleegt hooch de Feddern
un warbelt tohööchten
un sweevt ut 'n Finster
hendal op de Eer.

„So will ick dat hebben.
mien Deern, jeden Morgen,
un fleegt so de Feddern,
fallt Snee op de Eer.
Un hest du fix schüddelt,
denn striek du dat Küssen
un legg denn dat Deckbett
man glatt wedder hin."

„Hest daan nu dien Arbeid,
maak dicht man dat Finster,
is all'ns glatt un schier nu,
de Stuuv wedder trecht."
– So geiht Dag för Dag,
föhlst meist as to Huus di,
un büst doch alleen man,
un müchst woll na Huus!

Fro Meddern, de kennt di,
nimmt di bi den Hannen
un wiest dienen Weg di,
sallst trüch na de Eer.
Un ünner dat Door,
dor seggt se Adjüüs di:
„Hest daan dien Arbeid,
nu kriggst du dien'n Lohn!"

Un se schüdd op di dal denn
dat Gold so vun baben;
de Hahn baben't Door,
de kreiht luut dat rut:
„Dat 's uns gollen Jungfro,
de hett dat verdeent,
de is wedder hier nu,
nu kiekt se juuch an!"

zieh mich raus, sonst verbrenn' ich, ich bin schon längst ausgebakken." Die Faule aber antwortete: „Da hätt' ich Lust, mich schmutzig zu machen", und ging fort. Bald kam sie zu dem Apfelbaum, der rief: „Ach, schüttel mich, schüttel mich, wir Äpfel sind alle miteinander reif." Sie antwortete aber: „Du kommst mir recht, es könnte mir einer auf den Kopf fallen", und ging damit weiter. Als sie vor der Frau Holle Haus kam, fürchtete sie sich nicht, weil sie von ihren großen Zähnen schon gehört hatte, und verdingte sich gleich zu ihr. Am ersten Tag tat sie sich Gewalt an, war fleißig und folgte der Frau Holle, wenn sie ihr etwas sagte; denn sie dachte an das viele Gold, das sie ihr schenken würde; am zweiten Tag aber fing sie schon an zu faulenzen, am dritten noch mehr, da wollte sie morgens gar nicht aufstehen. Sie machte auch der Frau Holle das Bett nicht, wie sich's gebührte, und schüttelte es nicht, daß die Federn flogen. Das ward die Frau Holle bald müde und sagte ihr den Dienst auf. Die Faule war das wohl zufrieden und meinte, nun würde der Goldregen kommen; die Frau Holle führte sie auch zu dem Tor, als sie aber darunter stand, ward statt des Goldes ein großer Kessel voll Pech ausgeschüttet. „Das ist zur Belohnung deiner Dienste", sagte die Frau Holle und schloß das Tor zu.
Da kam die Faule heim, aber sie war ganz mit Pech bedeckt, und der Hahn auf dem Brunnen, als er sie sah, rief:

„Kikeriki,
unsere schmutzige Jungfrau ist wieder hie."

Das Pech aber blieb fest an ihr hängen und wollte, solange sie lebte, nicht abgehen.

Un röppt so den Hahn,
höörst ok anner Stimmen. –
De Kreih de schrachelt,
de maakt di nu slecht,
will sülbst blot se sülbst sien
un kann dat nich lieden,
wenn dor en in Deenst geiht
un vergitt mal sien sülbst.

De Kreih de sitt nich
baben 't Door, nee, se flüggt dor
hendörch, un dor druppt dat
dor swatt op ehr dal,
un backt an ehr Feddern
un backt op de Ogen.
Man de Hahn de blifft gollen
un weet, wat he röppt.

Du geihst wedder trüch,
ut dat Huus, ut de Wischen,
wedder dal von den Barg,
dörch dat Holt trüch na't Dörp.
Fro Medder behöllt dor
ehr Riek in den Wulken,
op den Barg, de dor liggt
so veel Mielen von hier.

Inhalt

Nr. 1, 6, 7, 8, 9, 10, 11, 12, 14, 15, 18, 20 und 21 (hochdeutsche Fassungen) in: Grimms Märchen, vollständige Ausgabe (2 Bde.). Hgg. und mit einem Nachwort versehen von Carl Helbling – Zürich o. J.: Manesse Verlag.
Nr. 3 u. 5 (niederdeutsche Fassungen) in: Wi snackt Platt. Hgg. von Heinrich Kahl und Peter Martens. – Hamburg 1980 (2., überarb. Aufl.): Verlag Erziehung und Wissenschaft.
Nr. 4 u. 19 (niederdeutsche Fassungen) in: Platt för Jungs und Deerns. Hgg. von Heinrich Kahl und Peter Martens. – Hamburg 1980: Verlag Erziehung und Wissenschaft.
Nr. 2 (hochdeutsche Fassung) in: Deutsche Märchen seit Grimm. Hgg. von Paul Zaunert. – Düsseldorf und Köln 1964: Eugen Diederichs Verlag.
Nr. 13 (hochdeutsche Fassung) in: Deutsche Volksmärchen. Ausgewählt von Ursula Ewig. – Frankfurt am Main und Hamburg 1960: Fischer Bücherei.